구르브 연락 없다

Sin Noticias de Gurb

SIN NOTICIAS DE GURB
by Eduardo Mendoza

세계문학전집 290

구르브 연락 없다

Sin Noticias de Gurb

에두아르도 멘도사

정창 옮김

민음사

차례

구르브 연락 없다　7

일러두기

1. 모든 각주는 옮긴이의 것이다.
2. 원문에 이탤릭으로 표기된 것은 고딕으로 표기했다.
3. 고유 명사의 한글 표기는 특별한 경우를 제외하고는 국립국어원의 외래어 표기법 기준을 따랐다.

9일

00:01(현지 시각) 별 문제 없이 지구에 착륙하다.

상용 추진력(확대): 유지

착륙 속도(억제): 상용 추진력 지수 6.3

착륙 순간 속도: Bajo-U1 4, Molina-Calvo 9

엔진 용적: AZ-0.3

착륙 지점 지표: $63\,\Omega$ (IIβ) 28476394783639473937492749

착륙 지점 지명: 사르다뇰라*

07:00 우리는 우주 비행선이 착륙한 지점 일대의 생활 형태에 관한 (현실적이고 능동적인) 탐사를 수행할 예정이다. 나

---

* 에스파냐 북동부 카탈루냐 지방의 소도시.

는 그 임무를 구르브에게 일임하고, 우주를 비행하는 동안 우리가 취하고 있었던 고유 형태(순수 영적 상태-해부 인자 4800)에서 원주민, 즉 지구인으로 변신하도록 지시한다. 그들의 이목을 끄는 것을 미연에 방지하기 위해서다. 구르브는 카티파(CATIFA. 범 우주 유사 형태 카탈로그)를 참조해서 마르타 산체스*라는 인물로 변신한다.

07:15 구르브가 4번 출구를 통해서 비행체를 벗어난다. 가벼운 남풍, 섭씨 15도, 상대습도 56퍼센트, 해상의 물결이 잔잔하다.

07:21 구르브가 원주민과 첫 접촉을 가졌단다. 구르브가 보내온 데이터에 따르면, 그 지구인의 신장은 170센티미터, 두개골 크기는 57센티미터, 눈은 두 개, 꼬리 길이는 0.00센티미터(꼬리 없음.)이다. 지구인들은 언어를 통해 대화하는데, 그들의 언어가 구조적으로 단순하지만, 소리를 내는 일은 여간 까다로운 게 아니다. 그들의 소리가 내부 기관에서 만들어지기 때문이다. 소리 자체의 개념도 거의 없는 편이다. 구르브가 만난 지구인의 이름은 유크 푸익 이 로익이다.(내가 잘못 들었거나 불완전한 이름일 수도 있다.) 그는 베야테라 자치 대학 교수(전임)인

---

* 1966년 마드리드에서 출생한 여가수. 그룹으로 데뷔해 1993년에 앨범 「여자(Mujer)」를 발표하면서 솔로로 전향했다. 미모와 열정적인 퍼포먼스로 유명세를 탔으며, 지금도 다양한 장르의 음악을 발표하면서 '에스파냐의 마돈나' 혹은 '팝의 여왕'으로 불린다.

데 인성 지수가 낮은 편이다. 그가 이용하는 교통수단은 포드 사(社)의 피에스타로, 구조는 간단하되 조작이 불편하다.

07:23 구르브가 그의 자동차를 탈 기회가 생겼다며 어떻게 대처할 것인지를 묻는다. 나는 지체 없이 그의 제의를 받아들이라고 지시한다. 나의 지시는 원주민들의 이목을 끌지 않기 위한 기본적인(현실적이고 능동적인) 판단에서 나온 것이다.

07:23 구르브, 연락 없다.

08:00 구르브, 연락 없다.

09:00 구르브, 연락 없다.

12:30 구르브, 연락 없다.

20:30 구르브, 연락 없다.

10일

07:00 구르브, 연락 없다. 나는 구르브를 직접 찾아 나서기로 마음먹는다.

먼저 나는 우주선이 원주민들의 눈에 띄는 불상사를 막기 위해 비행체를 지상의 주거 형태로 변형한다. 카탈로그에 의하면, 반(半)독립형 주거지라고 명명된 주거지에는 침실 세 개와 욕실 두 개에다 난방 장치가 설치된 주택 그리고 공동 수영장, 마당 두 곳, 주차장 등 최상의 편의 시설이 갖추어져 있다.

07:30 나는 카탈로그를 참조하여 누구보다 개성이 강한 인물을 찾는다. 내가 고른 인물은 공작이자 백작이었던 올리바레스*이다.

---

* 에스파냐 펠리페 4세 시대의 정치가.

07:45 나는 개성 강한 자들의 밀집도가 높은 지역에서 본래의 내 모습으로 변신할 참이다. 이 또한 지구인들의 이목을 피하기 위한 방도이다. 나는 해치 대신(변형된 해치는 구조가 단순한 반면, 조작이 생각보다 훨씬 힘들다.) 육중한 사각형 대문을 통해 밖으로 나온다.

08:00 나는 디아고날 대로와 파세오 데 그라시아 거리가 교차하는 지점에서 본래의 나로 변신한다. 실수다. 나는 곧바로 바르셀로네타와 발 데브론 사이를 운행하는 17번 노선 버스에 치이고, 그 충격으로 내 몸에서 머리가 떨어져 나간다. 그러나 이어지는 차량 행렬 때문에 도로에 나뒹구는 머리를 수습하는 일이 만만치 않다.

08:01 나는 노선버스에 이어 오펠 코르사에 치인다.

08:02 오펠 코르사에 이어 배달용 승합차에 치인다.

08:03 배달용 승합차에 이어 택시에 치인다.

08:04 나는 저만치 떨어져 있는 분수대에서 겨우 정신을 차리고 얼굴을 씻는다. 덕분에 분수대의 물을 분석할 기회가 주어졌는데, 주요 성분은 수소와 산소, 나머지 대부분은 똥이다.

08:15 엄청난 인파다. 자기 개성이 강한 자들의 밀집도가

아주 높아 단순한 시야로 구르브의 위치를 파악하는 게 쉽지 않다. 센서 장치를 작동하는 것도 마찬가지다. 자칫 생태계를 교란시키고, 그로 인해 애꿎은 시민들이 피해를 입을지도 모르기 때문이다.

내가 지켜본 지구인들은 체격이 다양하다. 그들 중에는 키가 아주 작은 자들도 많은데, 키가 더 큰 자들이 그들을 조그만 차에 태우고 다니지 않으면, 그들은 키가 아주 큰 자들한테 밟히는(그리하여 이성을 잃는) 불행한 결과를 초래할지도 모른다. 키가 큰 자들 중에서 200센티미터를 넘는 경우는 극히 드물다. 무엇보다 놀라운 것은 지구인들의 키가 서 있을 때와 누워 있을 때가 정확하게 똑같다는 사실이다. 지구인들 중에는 콧수염이 달린 사람도 있고, 콧수염과 턱수염이 동시에 난 사람도 있다. 눈은 거의 대부분이 두 개이며, 보는 방향에 따라 앞뒤로 위치한다(고 할 수 있다). 지구인들은 걸을 때 뒤쪽에서 앞쪽으로 이동하는데, 이를 위해서는 양팔을 끈질기게 흔들어 양다리의 움직임을 이끌어내야 한다. 성깔이 급한 자들이 가죽이나 플라스틱으로 만든 가방 혹은 다른 행성의 물질로 제작한, 샘소나이트라는 가방으로 팔뚝의 힘을 강화하는 것도 그런 이유이다. 이에 반해 자동차라는 이동 시스템은(네 개의 바퀴에 오염된 공기가 가득 차 있지만) 훨씬 합리적이며, 걷는 것보다 훨씬 빠른 속도를 낼 수 있다. 나는 그들한테 별종이라는 인상을 심어 주지 않으려고 그들의 머리꼭대기를 밟고 걷거나 공중에서 날아다니는 짓을 자제할 생각이다. 여기서 한 가지 유의할 점이 있으니, 길을 걸을 때는 한쪽 발(어느 쪽 발이든)이나 엉덩이라고 불리는 신체 기관이 반드시 땅바닥에 닿아 있어야 한다는 것이다.

11:00 구르브가 지나가기를 기다린 지 세 시간이 지나가고 있다. 부질없는 짓이다. 늦은 시간인데도 돌아다니는 사람들의 수효가 줄어들지 않고, 오히려 늘어나고 있다. 나는 구르브가 이 시간에 내 눈에 띄지 않고 지나갈 가능성을 나름대로 어림해 본다. 대략 73 대 1의 확률이 나온다. 그러나 이러한 확률은 두 가지 변수로 인해 더 떨어진다. 구르브가 아예 여기를 지나가지 않는 경우가 하나이고, 설사 여기를 지나가더라도 그가 외모를 변형한 경우가 다른 하나인데, 후자의 경우 그 확률은 끔찍하게 900만 조(兆) 대 1이 되고 말 것이다.

12:00 그리스도의 현신을 기리는 기도 시간이다. 나는 그 시간에 구르브가 내 앞을 지나가는 일은 없을 거라고 자위하면서 기도에 들어간다.

13:00 무려 다섯 시간을 빳빳한 자세로 서 있다 보니 내 몸이 서서히 지쳐 가고 있다. 근육이 마비된다. 나는 신선한 공기를 들이마시고 내뱉을 힘을 모으기 위해 안간힘을 쓴다. 한 번은 숨 쉬는 것조차 잊은 채 오 분이 지났는데, 얼굴이 벌겋게 달아오르며 눈알이 튀어나오고, 그 바람에 자동차 바퀴 밑에 나뒹구는 눈알을 찾아 제자리로 밀어 넣어야 했다. 아무튼 이러한 상태가 지속되면 나는 지구인들의 이목을 끌게 될 것

이다. 보아하니 지구인들은 그들이 호흡하다라고 하는 행위, 즉 숨을 들이마시고 내뱉는 기능이 자동으로 이루어지는 모양이다. 여타의 문명적인 것들이 거부되는, 이른바 과학적인 것들만 받아들여지는 지구에서 이러한 자동 기능은 숨을 쉬는 것에만 그치지 않고, 신체의 다른 기능들, 예를 들어 혈액 순환이나 음식물의 소화 혹은 눈을 깜빡이거나(이것은 언급한 두 가지 기능과 달리 자신의 의지에 따라 조절되며, 윙크라고 불린다.) 손톱이 저절로 자라는 경우에도 똑같이 적용된다. 그리고 지구인들은 이러한 신체 기관(과 조직)의 자동 기능에 의해 일정한 나이까지 성장하며, 그 기능이 제대로 작동하지 않으면 비정상적인 존재가 된다.

14:00 드디어 내 몸이 물리적 한계점에 봉착한다. 나는 왼 다리를 뒤쪽으로, 오른 다리를 앞으로 꺾은 채 땅바닥에 무릎을 꿇는다. 자세 탓일까. 지나가던 어떤 여자가 무엇인가를 건네준다. 5페세타짜리 동전이다. 나는 행인들이 불손하다고 비난할까 봐서 동전을 꿀꺽 삼킨다. 섭씨 20도. 상대습도 64퍼센트. 가벼운 남풍. 해상의 물결이 잔잔하다.

14:30 차량 통행이 차츰 줄어들고 있다. 구르브, 아직 연락 없다. 마냥 기다릴 수만은 없는 노릇이다. 나로서는 지구의 불안정한 생태학적 균형에 변화가 생길지도 모르는 우려를 애써 무시한 채 센서 교신을 시도할 수밖에 없다. 나는 버스가 한 대도 안 지나가는 틈을 타서 정신을 가다듬고, 교신 주파수

를 H76420ba1400009에서 H76420ba1400010로 끌어올린다.

두 번째 전파를 송출하자 미약한 수신 신호가 잡히더니 차츰 뚜렷해진다. 그런데 무슨 문제가 발생한 것일까. 수신 신호가 우리 별이 아니라 아주 가까운 곳에서, 지구 내의 서로 다른 지점에서, 그것도 동시 신호로 잡힌다. 양쪽의 교신 내용은 (코드를 풀어 보니) 이렇다.

카르골스 부인, 어디서 전화하셨습니까?

산트 호안 데스피*랍니다.

어디라고요?

산트 호안 데스피……. 산트 호안 데스피라고요. 여보세요, 내 말 안 들려요?

카르골스 부인, 아무래도 우리 쪽 송신기에 문제가 있는 것 같군요. 부인…… 부인, 잘 들립니까?

뭐라고요?

우리 말소리가 잘 들리느냐고요……. 카르골스 부인?

말해요, 말씀하시라니까요. 여긴 잘 들려요.

카르골스 부인, 여기 말이 들립니까?

들려요. 아주 잘 들려요.

카르골스 부인, 어디서 연락하신 겁니까?

산트 호안 데스피예요.

산트 호안 데스피……. 카르골스 부인, 그러니까 산트 호안

---

* 바르셀로나 외곽에 위치한 도시.

데스피에서 우리 목소리가 잘 들린다는 겁니까?

아주 잘 들려요. 이봐요…… 내 말이 잘 안 들려요?

아주 잘 들립니다. 카르골스 부인, 어디서 연락하신 겁니까?

비로소 구르브의 위치를 알아내는 일이 예상보다 더 힘들지도 모른다는 현실적인 우려가 고개를 든다.

15:00 나는 한곳만 지키겠다는 생각을 단념한다. 차라리 도시 전체를 체계적으로 분류해서 찾는 게 나을 성싶다. 그런다고 구르브를 못 만날 가능성이 줄어들지 않겠지만, 결과가 어떤 식으로든 불투명하니 어쩔 수 없다. 나는 비행선을 나올 때 내 몸에 합체했던 청사진 지도의 안내를 받으며 걷기 시작한다. 그런데 또 다른 문제가 생겼나 보다. 나는 카탈루냐 가스 회사 쪽으로 파헤쳐진 도랑에 빠진다.

15:02 이번에는 카탈루냐 전력 회사 쪽으로 파헤쳐진 도랑에 빠진다.

15:03 이번에는 바르셀로나 상수도국 쪽으로 파헤쳐진 도랑에 빠진다.

15:04 이번에는 국립 전화국 쪽으로 파헤쳐진 도랑에 빠진다.

15:05 이번에는 코르세가 거리에 있는, 친선 협회 쪽으로 파헤쳐진 도랑에 빠진다.

15:06 나는 청사진 지도가 안내하는 경로를 무시하고 발길 닿는 대로 걷기 시작한다.

19:00 마냥 걷고 있다. 네 시간째다. 어디가 어디인지 도통 모르겠다. 슬슬 힘에 부친다. 더 이상 지탱할 힘이 없다. 도시가 광대하다. 인파가 끊임없이 밀려든다. 소음이 엄청나다. 필라르 수녀*를 기리는 기념탑 같은, 거대 도시의 랜드마크 역할을 하는 건물이나 상징적인 조형물이 눈에 띄지 않는다. 이상하다. 나는 인성 지수가 높은 것으로 보이는 어떤 행인에게, 이 도시에서 길을 잃고 헤매는 사람을 어디 가면 찾을 수 있느냐고 묻는다. 행인은 내가 찾는 대상의 나이를 묻고는, 내가 6513살이라고 대답하자, 그런 사람은 엘 코르테 잉글레스 백화점에서 찾으란다. 진짜 거대한 도시다. 이 도시에서 가장 안 좋은 것은 자신의 의지와는 전혀 상관없이 다양한 성분의 오염된 공기를 들이마셔야 한다는 것이다. 어떤 곳에서는 봉지에 그 공기를 주입하고 밀봉해서 모르시야**라는 이름으로 수출할 정도다. 눈이 벌겋게 충혈되고, 코가 쿵쿵 막히고, 입이 바싹바싹 타들어 간다. 아, 이 도시가 우리 우주 비행선이 착

---

* 작가가 지어낸 가상 인물.
** 에스파냐풍의 순대.

륙한 사르다눌라만 같아도 얼마나 좋을까!

20:30 일몰 이후에 가로등만 켜지 않아도 이 도시의 환경은 한결 나을 것이다. 시민들은 밤에도 거리가 필요하나 보다. 그들 대부분은 투박하게 생겼는데, 심지어 추악하게 생겼는데, 그런데도 서로가 서로를 못 보면 살아갈 수 없는 모양이다. 차량들도 눈에 쌍불을 켜며 저희끼리 으르렁거린다. 섭씨 17도. 상대습도 62퍼센트. 가벼운 남풍. 해상에 잔물결이 일고 있다.

21:30 그로기 상태다. 한 걸음도 더 뗄 수 없다. 신체적 손상이 심각하다. 한쪽 팔과 한쪽 다리, 양쪽 귀가 떨어져 나간 데다, 그사이 개똥 네 덩어리와 셀 수도 없을 만큼 많은 담배꽁초를 먹어 치웠는데, 그 바람에 축 늘어진 혀를 허리띠에 붙들어 매야 할 판이다. 몹시 힘들다. 구르브를 찾는 일을 내일로 미뤄야 할까 보다. 나는 거리에 주차된 트럭 밑으로 들어가서 나를 해체하고, 우주선으로 이동한다.

21:45 내 몸에서 방전된 에너지를 재충전한다.

21:50 나는 파자마를 입는다. 구르브의 부재. 마음이 몹시 무겁다. 구르브와 나는 팔백 년 전부터 밤마다 함께 지낸 사이다. 잠이 들 때까지 어떻게 시간을 보내야 할지 막막해진다. TV도, 롤리타 갈락시아*의 연재 소설도 내키지 않는다. 구르브의 부재가, 구르브의 침묵이 이해가 안 된다. 돌이켜 보면

나는 구르브에게 고지식하게 구는 상관이 아니었다. 구르브한테 우주선 관리도 맡겼고, 우주선 출입도(정해진 시간 내에서) 허용하지 않았던가. 구르브가 오늘 중으로 돌아올 것인지, 늦게라도 돌아와 줄 것인지 도무지 모르겠다. 못 오면 못 온다고 통보라도 해 주면 더없이 좋으련만.

---

* 작가가 지어낸 가상 인물.

11일

08:00 구르브, 여전히 연락 없다. 나는 다시 센서 교신을 시도한다. 즉시 격한 음성이 포착된다. 그 음성의 주인공은 시위 중인 시민들을 대표하는 자로, 그는 게라라는 자를 향해 어떤 책임을 묻는 중이다.* 나는 교신을 포기한다.

08:30 나는 우주선 밖으로 나간다. 그리고 그 일대를 고공 탐색하기 위해 비오리로 변신해서 창공으로 날아오른다.

09:30 구르브가 보이지 않는다. 나는 하는 수 없이 우주선으로 돌아온다. 도시가 본래 구불구불하고 비합리적인 곳이

---

* 당시 에스파냐 집권당인 사회노동당의 부총재 알폰소 게라의 형 후안 게라의 비리 스캔들을 암시한다.

라면, 도시를 에워싸고 있는 교외의 지형에 대해서는 입을 다무는 게 나을 성싶다. 어느 것 하나 규칙적이거나 평평한 게 없고, 흡사 자기를 이용하지 못하도록 훼방을 놓는 것처럼 보인다. 특히 창공에서 내려다보는 해안선의 모습은 돌아도 단단히 돌아 버린 미치광이의 작품 같다.

09:45 나는 바르셀로나 도시 지도(이중 타원형 축 형식으로 제작된 지도)를 신중하게 검토한 후, 소위 가난한 자들이 거주하는 어떤 외곽 지대에서 구르브를 찾기로 한다. 카탈로그에 따르면, 가난한 자들의 인성 지수는 이른바 부자들보다 조금 덜 열등하고, 중류층보다는 훨씬 덜 열등한 것으로 나와 있다. 나는 카탈로그에 등재된 인물들 중에서 개성이 강한 게리 쿠퍼라는 인물을 선택한다.

10:00 나는 산 코스메 구역에서 게리 쿠퍼로 변신한다. 이 구역은 눈에 띄게 황폐한 곳이다. 과연 구르브가 자신의 의지로 이곳에 왔을지 의구심이 들 정도다. 하긴 구르브는 평소에 자신의 심중을 밖으로 드러낸 적이 없다.

10:01 몸에 비수를 지닌 젊은이들이 떼거리로 몰려오더니 나한테서 지갑을 빼앗는다.

10:02 몸에 비수를 지닌 젊은이들이 떼거리로 몰려오더니 나한테서 권총과 보안관 배지를 빼앗는다.

10:03 몸에 비수를 지닌 젊은이들이 떼거리로 몰려오더니 나한테서 조끼와 셔츠와 바지를 빼앗는다.

10:04 몸에 비수를 지닌 젊은이들이 떼거리로 몰려오더니 나한테서 장화와 박차와 하모니카를 빼앗는다.

10:10 순찰차가 나타난다. 국립경찰 소속이다. 순찰차에서 경찰들이 내리더니 법 조항을 들먹이면서 내 손목에 수갑을 채우고 나를 순찰차에 태운다. 섭씨 21도. 상대습도 75퍼센트. 남쪽에서 돌풍이 불어오고, 해상에는 큰 파도가 일고 있다.

10:30 경찰들이 나를 유치장에 감금한다. 나는 유치장 안에 먼저 수감된, 거들먹거리며 나를 쳐다보는 어떤 사람한테 나를 소개하고, 내가 부당하게 당한 전모를 털어놓는다.

10:45 나에 대한 불신이 사라졌는지, 그 친구가 대화를 시도하며 명함을 내민다. 명함에는 이런 내용이 박혀 있다.

헤툴리오 펜카스
구걸 대리인
타로 점, 바이올린 연주, 고통 분담
찾아가는 서비스

10:50 그 친구는 경찰들이 그를 덮친 것은 실수란다. 자기는

가진 게 없으니 잃어버릴 것도 없어서 자동차 문을 열고 다녔다고, 경찰들에게 자신의 삶을 명예롭게 영위할 수 있도록 부탁했다고, 경찰이 몰수한 가루는 경찰이 추정하는 물건이 아니라 자기 부친의 유골이라고, 부친한테 하느님의 가호가 있을 거라고, 부친의 유골을 미라도르 델 알칼데*에서 도시를 향해 뿌릴 생각이었다고 말한다. 이어 방금 나한테 말한 얘기는 아무 짝에도 쓸모없는 거짓말이나 다름없다고, 왜냐하면 이 나라의 정의가 썩었기 때문에 증거도 필요 없고, 증인도 필요 없다고, 우리 둘을 감방으로 보낼 거라고 덧붙이더니, 우리같이 몸뚱이밖에 없는 사람들은 벼룩에 시달리고 에이즈에 걸려 출감할 거라고 확언한다. 내가 무슨 말인지 이해하지 못하겠다고 말하자, 그는 내가 이해할 것은 아무것도 없다고, 나를 사나이 중의 사나이라고, 인생이란 게 본래 그런 것이라고, 자기가 그런 꼴로 사는 진짜 이유는 경제적인 부의 분배가 잘못되었기 때문이란다. 또한 그 친구는 내가 미처 그 이름을 기억하지 못하는, 화장실만 스물두 개인 별장을 지었다는 아무개의 경우를 들먹이며** 그 아무개가 설사병이 났으면 좋겠다고, 그 와중에 변기 스물두 개가 몽땅 사용 중이었으면 좋겠단다. 이어 허접한 유치장 침대 위로 올라가더니, 그것들이(화장실들이?) 자기 것이 되면, 그 아무개가 닭장에 똥을 누게 만들 것이고, 그것들을 파업 수당으로 연명하는 많은 가족들한테 골

---

* 몬주익에 위치한 전망대. 바르셀로나 시내와 항구가 한눈에 들어온다.
** 에스파냐 정치인으로 경제재무성 장관을 지낸 미겔 보이어를 암시한다. 모델 출신 이사벨 프레이슬러와 결혼해 화제를 불러일으켰다.

고루 나누어 줄 거라고, 그렇게만 되면 그들은 나라가 약속했던 일자리를 줄 때까지 즐길 수 있다고 목소리를 높인다. 그러나 그는 그 대목에서 너무 흥분한 나머지 침대에서 바닥으로 떨어져 골통을 찧는다.

11:30 유치장 문이 열린다. 경찰이 상관한테 데려가겠다며 우리더러 유치장 밖으로 나오란다. 나는 새로운 친구의 훈계에 잔뜩 겁을 집어먹은 터라 모든 이들에게 존경을 받을 만한 호세 오르테가 이 가세트*라는 인물로 변신하고, 잠시나마 나와 함께했던 유대감을 감안하여 그 친구를 미겔 데 우나무노**라는 인물로 변신시켜 준다.

11:35 경찰 간부가 우리 둘을 머리끝부터 발끝까지 찬찬히 훑어보며 머리를 긁적이더니, 자기는 인생이 복잡해지는 게 싫다면서 우리를 석방하라고 지시한다.

11:40 경찰서 정문 앞에서 헤어지기 전에 그 친구가 나한테 자기를 본래 모습으로 되돌려 달라고 부탁한다. 우나무노의 모습으로 행세하면 아무도, 하느님조차도 자기의 외모를 흉측하게 만들 지독한 농양을 온몸에 붙여 줄지언정 정작 필요한 돈은 한 푼도 던져 주지 않을 거란다. 나는 그가 원하는 대

---

* 에스파냐의 사상가이자 철학자.
** 에스파냐의 철학자이자 소설가.

로 해 준다.

11:45 나는 다시 구르브를 찾아 나선다.

14:30 구르브, 여전히 연락 없다. 나는 내 주변에 있는 사람들처럼 식사를 하기로 한다. 레스토랑이라는 곳만 빼놓고 모든 상가가 문을 닫는 것으로 보아, 그곳에서 음식이 나오는 게 분명하다. 여러 레스토랑 입구 주변에 널려 있는 쓰레기 냄새를 킁킁 맡아 보는데 불쑥 식욕이 당긴다.

14:45 나는 어떤 레스토랑으로 들어간다. 검은 옷을 입은 신사가 뻣뻣한 자세로 나한테 예약을 했느냐고 묻는다. 나는 예약은 안 했지만 화장실이 스물두 개인 별장을 짓는 중이라고 대답하고, 꽃다발로 장식된 테이블을 잽싸게 차지한다. 그리고 결례가 될까 봐서 꽃송이를 냉큼 먹어 치운다. 신사가 차림표(코드화가 안 되어 있다.)를 내놓으며 무엇을 먹을 거냐고 묻는다. 내가 차림표를 보면서 하몬*, 멜론이 들어간 하몬, 멜론을 차례대로 주문하자, 신사가 이번에는 무엇을 마실 거냐고 묻는다. 나는 남의 이목을 끌지 않으려고 지구인들 사이에서 가장 일반적인 액체, 즉 오줌을 주문한다.

16:15 나는 커피를 마신다. 그들이 배[梨]로 담근 술을 한

---

* 돼지 뒷다리로 만든 에스파냐 전통 생햄.

잔 내놓는다. 이어 계산서를 가져온다. 6834페세타. 하지만 내 수중에는 땡전 한 푼 없다.

16:35 나는 몬테크리스토 2번 시가를 피우며 이 상황에서 벗어날 방도를 궁리하고 있다. 나를 해체하면 간단하지만 그럴 수는 없는 노릇이다. 자칫 이목을 끌 수도 있고, 무엇보다도 나한테 배로 담근 술을 공짜로 내놓았던 친절한 그들이 괴로워하는 것은 정당하지 못하기 때문이다.

16:40 나는 자동차에 깜빡 놓고 내린 게 있다고 둘러대며 밖으로 나와서 가까운 에스탄코*로 들어간다. 그리고 거기서 직접 대행 판매하는, 다양한 복권 시스템으로 찍어 내는 복권과 쿠폰을 구입한다.

16:45 나는 간단한 조작을 통해 복권 번호를 조합한다. 당첨금이 1억 2200만 페세타다. 레스토랑으로 돌아온다. 나는 계산을 끝내고, 팁으로 1억 페세타를 내놓는다.

16:55 나는 내가 아는 유일한 탐색 방식, 즉 거리를 돌아다니는 방법으로 구르브를 다시 찾아 나선다.

20:00 얼마나 걸었던지 신발에서 연기가 모락모락 피어오

---

* 담배, 우표, 복권 판매점.

른다. 한쪽 신발의 굽이 떨어져 나가 절뚝거리며 걷고 있는 지친 내 모습이 그렇게 우스꽝스러울 수 없다. 나는 신발을 내팽개친다. 그리고 가까운 신발 가게로 들어가 레스토랑에서 계산하고 남은 돈으로 이전보다 불편하지만 재질이 아주 딱딱한, 이른바 스키용 신발을 산다. 나는 새 신발을 신고 페드랄베스 구역으로 접어든다.

21:00 나는 페드랄베스 구역을 샅샅이 뒤지고 있다. 구르브를 찾지 못했지만 고상한 집들과 조용한 거리, 빽빽한 잔디밭과 풀장들이 자못 인상적이다. 나는 페드랄베스가 아니라 굳이 슬픈 추억이 서려 있는 산 코스메 같은 동네를 선호하는 사람들의 마음을 알다가도 모르겠다. 꼭 돈 때문만은 아닌 것 같은데.

지구인들은 여러 범주로, 특히 부자와 빈자로 나뉘는 모양이다. 그 이유는, 나는 잘 모르지만 그들이 무척 중요하게 여기는 문제들 중 하나다. 내가 보는 부자와 빈자의 기본적인 차이점은 이런 것 같다. 부자들은 그들이 가는 곳에서 그들이 원하는 것을 아무리 많이 손에 넣거나 아무리 많이 소비해도 돈을 내지 않는 반면, 빈자들은 땀을 뻘뻘 흘리면서까지 돈을 낸다. 부자들이 향유하는 면세는 이전부터 내려오거나 최근에 생겨날 수도 있는 것이고, 일시적인 것이거나 속임수일 수도 있지만, 결과적으로 다 똑같다. 한편 양자의 차이점은 통계로도 증명되는 모양이다. 부자들은 빈자들보다 더 많이 갖고, 더 잘산다. 부자들은 더 크고, 더 건강하고, 더 멋지고, 더 많이 즐

기고, 더 많이 이국적인 곳을 여행하고, 더 좋은 교육을 받는다. 부자들은 덜 일하면서도 생활이 더 안락하고, 옷이 더 많고, 특히 여가 시간이 더 많다. 부자들은 집중적인 치료도 더 많이 받고, 몸을 치장하는 일이나 이미 지나간 일에도 더 많은 시간을 할애할 수 있다. 또한 부자들은 신문이나 잡지 혹은 연감에 등재될 확률도 훨씬 더 높다.

21:30 우주 비행선으로 돌아가야겠다. 내가 페드랄베스 수도원 앞에서 나를 해체하는데, 바로 그때, 쓰레기를 들고 밖으로 나오던 수녀가 내 모습을 보고 대경실색한다.

22:00 에너지 재충전. 연이틀째 혼자 보내는 밤이다. 나는 모험들을 다루는 롤리타 갈락시아의 연재 소설을 한 편 읽고 있다. 그러나 신랄한 장면에서 내 이야기를 귀담아듣던 구르브가 없다는 게 못내 서운하다. 오늘따라 구르브의 부재가 더욱 크게 느껴진다.

22:30 비행선 안을 돌아다니는 것조차 지겨워진다. 무척 피곤했던 하루다. 나는 피자마를 입고, 기도를 하고, 잠자리에 든다.

12일

08:00 구르브, 여전히 연락 없다. 비가 내린다. 세찬 비다. 바르셀로나에 비가 내릴 때는 단순히 내리는 게 아니라 무지막지하게 퍼붓는다. 아주 드문 경우지만 어떤 일을 하기로 마음먹으면 그 일에 짐승처럼 매달리는 바르셀로나 시청처럼 말이다. 오전에는 외출 대신에 비행체 청소나 해야겠다.

09:00 한 시간 동안 청소에 매달리고 있다. 더 이상은 무리다. 잡다한 일은 구르브가 도맡았던 터라 속이 상한다. 구르브가 조속히 돌아와 주기를 하느님에게 빌어 본다.

09:10 나는 무료한 시간을 달래고자 텔레비전에 눈길을 던진다. 출연자들은 다양한데, 하나같이 인간들뿐이다. 가만히 들여다보니 우리 별에서 다들 좋아하는 퀴즈 게임과 유사하

지만 내용은 훨씬 조잡하다. 진행자가 생물학적으로 성별이 다른(나로서는 성별을 확인할 수 없는) 커플한테 프랑스 나폴레옹의 성(姓)이 무엇이냐고 묻자, 자기끼리 귀엣말을 속삭인 다음, 여자가 미심쩍은 어조로 대답한다. 베나벤테*? 오답이다. 그 기회가 맞은편에 위치한 상대 커플한테 주어진다. 봄비타**? 역시 오답이다. 진행자가 박수를 치면서 상금 50만 페세타를 놓쳤다며 약을 올리고, 실패한 커플들이 발을 동동 구르며 안타까워한다. 이번에는 새로운 참가자가 스튜디오로 들어온다. 퀴즈 프로그램을 무려 스물두 달 동안 시청했다는 퀴즈 마니아다. 진행자가 알베르토 알코세르***가 독신이었을 때의 이름이 뭐냐고 묻는데……. 나는 텔레비전을 끈다. 섭씨 16도, 상대습도 90퍼센트, 북동풍이 강하게 불고, 해상에 높은 파도가 일고 있다.

09:55 나는 훌리오 로메로 데 토레스****로(그의 그림에 나오는 우산을 쓴 모습으로) 변신하고 동네에 있는 바르*****로 간다. 나는 베이컨에 달걀 프라이 두 개를 후딱 먹어 치우고 조간신문을 뒤적이기 시작한다. 지구인들은 개념 인지 시스템이 지극히

---

* 노벨 문학상을 수상한 에스파냐 극작가.
** 에스파냐 세비야 출신의 투우사.
*** 에스파냐 마드리드 출신의 기업가.
**** 에스파냐 코르도바 출신의 화가. 주로 여성을 대상으로 한 다양한 인물화를 남겼다.
***** 형태와 종류가 다양한, 대중적이고 전통적인 에스파냐식 소규모 카페나 레스토랑.

원시적이라 주위에서 일어나는 일들을 신문을 통해 받아들이는 모양이다. 그러나 그들은 달걀 하나에 대한 단순한 정보량이 이 나라에서 발행하는 모든 신문의 정보량보다 훨씬 더 많다는 사실을 잘 모르고 있다. 온통 기름으로 범벅이 된 신문은 주식 동향이나 정치인들의 정직성에 대한 여론 조사(응답자의 70퍼센트가 정직하다고 믿고 있다.) 혹은 내일 벌어질 농구 시합에 대한 예상 등을 다루고 있다. 아, 지구인들이 우리가 사용하는 코드 해독법만 깨우쳤어도 그들의 일상이 이렇게까지 복잡하지는 않을 텐데!

10:30 카라히요*를 마셨더니 왠지 씁쓸해진다. 나는 비행선으로 돌아와서 파자마를 입고 몸을 누인다. 오늘은 하루 종일 쉬어야겠다. 나는 무료한 시간도 때울 겸 지구 안팎에서 명성이 자자한 현대 에스파냐 소설에 관한 체계적인 책 읽기에 들어간다.

13:30 『베르톨도, 베르톨디노와 카카세노』**를 읽고 나서 바깥을 보니, 여전히 구름이 끼었지만 비는 그쳐 있다. 나는 생각을 바꿔 시내로 내려간다. 문득 돈이 가져다주는 행복이 어떤 것인지 알고 싶다. 내 수중에는 어제 에스탄코에서 딴 돈이 조금은 남아 있지만 기왕에 머물게 된 지구에서 돈 때문에 불

---

* 뜨거운 커피에 독한 술을 가미한 음료.
** 이탈리아 작가 줄리오 체사레 크로체가 1606년에 쓴 동화.

편해지고 싶지는 않다.

13:50 나는 시에라 모레나 저축은행*에 들어선다. 업무 종료 십 분 전이다. 지금 나는 행복한 추억을 떠올리게 만드는 피오 12세**의 모습으로 변신해 있다. 은행은 신뢰를 중시하는 곳이다.

13:52 창구 직원이 내가 작성할 계좌 양식을 내놓는다.

13:55 창구 직원이 미소를 지으며 다양한 특성을 지닌 계좌(저축 계좌, 강제 계좌, 보고도 기억하지 못하는 계좌, 강에서 분실한 계좌, 들여다보기도 귀찮은 계좌 등등)를 열 수 있다고 말한다. 상당한 액수의 현금으로 계좌를 트면, 이런저런 명목으로 최고의 이자와 혜택과 재정 수익이 보장된다는 내용도 덧붙인다. 나는 25페세타짜리 동전을 예치금으로 내민다.

13:57 창구 직원의 얼굴에서 미소가 사라지고 한참 열을 올리던 입이 닫힌다. 창구 직원이 컴퓨터 자판을 두드리기 시작한다. 그사이 나의 청각은 그의 항문에서 배출되는 방귀 소리를 놓치지 않고 있다.

---

* 작가가 지어낸 가상의 은행. 시에라 모레나 지역은 한때 절도범들의 피신처였다.
** 2차 세계대전 당시 로마 가톨릭 교황.

13:59 당좌 예금 계좌가 열렸단다. 나는 업무 마감 일 초 전에 단말기를 조작한다. 25페세타에 '0'을 열네 개나 더 붙이는 것은 나한테는 일도 아니다. 나는 유유히 은행을 나선다. 날씨가 개려나 보다.

14:30 나는 수산물 시장 앞에서 걸음을 멈춘다. 이런 곳에서 사람들이 가격을 흥정하는 일은 일종의 관습으로, 나 역시 그들처럼 해 보고 싶어진다. 수산물 시장은 다양한 가게들로 구성되어 있지만, 그 가게들 역시 어로 도구로 실내를 장식한 레스토랑(나한테는 이게 가장 중요하다.)과 다를 바가 없다. 그곳에서 사람들이 다리 달린 전화기 모양의 어류를 먹는다는 것은 일반 레스토랑에서 미각과 시각 혹은 청각에 상처를 입혀서 잡은 동물들을 먹는 것과 마찬가지이기 때문이다.

14:45 나는 잠시(십오 분 동안) 고민하고 있다. 나 혼자서 어물전 잔치를 벌일 것인가. 나는 잔치를 미루기로 한다. 구르브가 돌아오면 규율을 어긴 벌을 주기 전에 함께 즐거운 식사를 하면서 해후의 기쁨을 나누어야겠다.

15:00 나는 시내로 향한다. 돈도 생겼겠다, 중심가로 나가서 유명한 쇼핑몰을 둘러볼 생각이다. 하늘에는 구름이 다시 끼었지만 그렇다고 당장에 비가 내릴 것 같지는 않다.

16:00 나는 부티크로 들어선다. 타이를 목에 걸어 보니 나한

테 잘 어울리는 것 같다. 나는 똑같은 것으로 아흔네 점을 구입한다.

16:30 스포츠 용품 매장으로 들어선다. 나는 랜턴, 물통, 캠핑용 가스, 바르사 프로 농구 팀의 셔츠, 테니스 라켓, 서핑 장비(야광 장미색) 세트에다 조깅용 신발 서른 켤레를 구입한다.

17:00 식품 매장에서 흑오리 햄 칠백 개를 구입한다.

17:10 야채 매장에서 당근 0.5킬로그램을 구입한다.

17:20 자동차 매장에서 마세라티 한 대를 구입한다.

17:45 가전제품 매장에서 가전제품을 종류별로 모두 구입한다.

18:00 장난감 매장에서 인디오 모형과 팽이 하나, 바비 인형 속옷 백열두 점을 구입한다.

18:30 주류 매장에서 1952년산 와인 바론 모우초이르 모케 다섯 병과 가정용 와인 엘 펜타테우코 8리터짜리 한 병을 구입한다.*

---

* 작가가 지어낸 가상의 와인들.

19:00 보석 매장에서 금장 롤렉스 손목시계를 구입한다. 자동 태엽 방식이자, 방수성이자, 반(反)자성이자, 절대 내진성이란다. 하지만 나는 시계를 '인 시투(in situ)', 즉 '바로 그 자리'에서 박살을 낸다.

19:30 향수 매장에서 오데페룸* 열다섯 점을 구입한다. 나는 쇼핑을 끝내고 거리로 나선다.

20:00 돈이 행복을 가져다주지 않는다. 나는 방금 전에 쇼핑한 모든 물건을 분해한 다음, 양손을 호주머니에 찔러 넣은 채 홀가분하게 걷기 시작한다.

20:40 람블라스 거리를 거니는 동안, 하늘에 먹장구름이 드리우면서 천둥소리가 들려온다. 이런 날씨에 각종 전자 기기가 오작동을 일으키는 것은 불가피한 현상이다. 전자파 때문이다.

20:42 아니나 다를까, 나를 향해 광선 세 가닥이 떨어진다. 내 몸에서 방출되는 극소량의 방사능 탓이다. 허리띠 버클과 바지 지퍼가 감전되면서 머리카락이 빳빳하고 뾰족하게 곤두선다. 내 모습이 흡사 고슴도치처럼 변하지만, 나를 도와줄 이는 아무도 없다.

---

* 작가가 지어낸 가상의 향수.

20:50 《기아 델 오시오》*를 사려고 하는데 가판대에 불이 붙는다. 내 몸에 아직도 남아 있는 정전기 탓이다.

21:03 빗방울이 떨어진다. 딱 네 방울이다. 그러더니 이내 무지막지한 비바람이 몰아친다. 하수구를 빠져나온 생쥐들이 콜론**으로 기어오른다. 나 역시 가까운 타스카***로 몸을 피한다.

21:04 타스카로 들어서자 살치촌과 롱가니사나 치스토라 같은 종유석 모양의 엠부티도에서 풍겨 나오는 기름 냄새가 코를 찌른다.**** 실내에는 자신의 급소 부위를 미처 여미지 못한 채 화장실을 나오는 손님 말고도, 육안으로 보이지 않지만 생물학적으로 성이 다른 손님들이 예닐곱 명 앉아 있다. 술이 나오고, 이어 바 뒤로 누군가가 나타나는데, 가만 보니 한 명이 아니라 두 명이다. 난쟁이 위로 다른 난쟁이가 올라탄 것이다. 그사이 열린 문을 통해 들이닥친 회오리바람이 극성스럽게 달라붙는 파리 떼를 몰아낸다. 파리 떼를 좇던 내 시선이 한쪽 벽에 걸린 거울의 상단 좌측에 고정된다. 거기에는 분필로

---

* 여가 활동에 관한 정보와 자료를 제공하는 에스파냐 주간지.
** 콜럼버스 광장에 세워진 콜럼버스 탑을 가리킨다. '콜론'은 콜럼버스의 에스파냐식 이름이다.
*** 대중적인 선술집.
**** 살치촌, 롱가니사, 치스토라를 통칭해서 '엠부티도'라고 부르며 주로 돼지고기에 허브나 양념을 첨가해 순대처럼 내장에 넣어 말린 다양한 형태의 에스파냐풍 소시지이다.

1958년 3월 6일에 치러진 라 리가*의 경기 결과가 쓰여 있다.

21:10 밖에서 흠뻑 맞은 빗물이 뼛속까지 스며드는 것 같다. 나는 비노 틴토**를 한 잔 주문한다. 굳은 몸을 술로 데울 요량이다. 나는 꼬치 막대기로 타파스*** 한 조각을 찍다가 흠칫 놀란다. 힘을 준다는 게 잘못해서 타파스 접시가 계산대 쪽으로 쭉 미끄러진 것이다. 아직은 모든 게 서투르다.

21:30 나는 손님들의 대화를 들으며 노닥거린다. 그들의 언어를 코드 해독 없이 알아듣는 것은 무척이나 힘든 일이다. 그렇지만 그들로서는 이런 식의 기본적인 문장조차 알아듣지 못할 것이다.

109328745108y34-19≪poe8vhqa9enf087qjnrf-09aqsdnfñn9q8w3r4v21dfkf=q3wy oiqwe=q3u 1o9=853491926rn1nfp24851ir09348413k8449f385j9t830t82 = 34 ut t2egu-34851mfkfg-231fgklwhgq0i2ui34756=13ir2487-2349r20i45u62-4852ut-34582-9238v43 597 4682 = 3t984589672394ut945467 = 2-3tugywoit = 238tej 93 46 7523fiwuy6-23f3yt-238984rohg-

---

* 에스파냐 프로 축구 리그인 프리메라 리가.
** 검붉은 포도로 빚은 에스파냐풍 적포도주.
*** 다양한 요리를 접시에 조금씩 담아 내놓는 에스파냐의 대표적인 술안주이자 간식.

2343ijn87b8b7ytgyt654376687by79

이 문장은 '나한테 무 9킬로그램을 줘.'라는 뜻이다. 지구인들은 말을 할 때 오만상을 찌푸리고 손짓과 발짓을 동원하다가 급기야 괴성까지 내지른다. 그들의 언어가 지니고 있는 한계성 탓이다. 천박하고 불경스러운 언어나 애매하고 파격적이면서 다의적인 뜻을 내포한 함축어는 예외지만 말이다.

21:50 이 문제에 대해 곰곰이 생각하면서 종업원이 잔에 채워 주는 와인을 홀짝홀짝 마시다 보니 벌써 반 리터다. 그런데 와인 색깔이 이상하다. 내 몸에 들어온 액체는 틴토가 아니라 클라레테*였던 것이다. 나는 곧장 성분 분석에 들어간다.(순수한 포도 성분은 하나도 없는, 106가지 화학 재질로 만든 와인이다.) 그러나 나는 트리니트로톨루엔**이 확인되자마자 분석을 포기한다. 종업원이 빈 잔을 다시 채워 준다.

22:00 내가 씩 웃자, 내 옆에 앉아 있던 손님이 자기 얼굴에 뭐가 묻었느냐고 묻는다. 나는 그게 아니라 느닷없이 머릿속을 스치는 생각에 실없이 웃었다고 대답한다. 어떤 이유도, 어떤 근거도 없다고. 그런데 내 말을 착각했는지, 아니면 코드 해독이 덜 된 상태에서 얼버무리는 내 말이 이상하게 들렸는지 손

---

* 검붉은 포도에 청포도를 적당한 비율로 섞어 빚은 투명한 색깔의 와인.
** 강력 폭약(TNT) 성분.

님들의 시선이 일제히 나한테 집중된다.

22:05 한 손님(자기 얼굴에 뭐가 묻었느냐고 물었던 손님 말고 다른 손님)이 오른손 검지를 내 코끝에 바짝 갖다 대면서 나를 어디서 본 것 같단다. 교황의 외모(와 실체)로 감추어진 나를 알아본 것이다. 그러더니 구도자가 될 거라고, 구도하는 자는 신앙심이 깊다고 말한다. 나는 그 손님에게 다른 인물과 혼동한 모양이라고 둘러대면서 그들의 관심을 딴 데로 돌리기 위해 공짜 술을 한 잔씩 돌린다. 그리고 술값을 어림하고 있는데, 때마침 종업원이 주방에서 기막히게 맛있는 카요스*가 나올 거라고 한다. 나는 그 말을 듣자마자 수표 몇 장(500만 페세타)을 계산대 위에 내려놓으며 카요스 요리를 우리 쪽으로 가져다주라고, 돈은 걱정 말라고 말한다.

22:12 신앙심이 돈독한 손님이 나한테 그런 말은 뻥끗도 하지 말라고, 내가 술값을 냈으니 안주는 자기가 계산하겠다면서 앞으로는 그러지 말라고 충고한다. 그러나 나는 안주도 내가 주문했고, 그러기에 계산도 내가 해야 한다고 우긴다.

22:17 이제 막 아니스 술을 두 병째 비워 낸 여자(그녀 역시 손님이다.)가 우리더러 다투지 말라면서 가슴 섶에 손을 넣더니 더럽고 잔뜩 구겨진 지폐 몇 장을 꺼내 계산대 위로 던진

---

* 주로 소 내장으로 만드는 마드리드풍 전골 요리.

다. 그리고 지폐를 안주로 착각한 다른 손님이 그 지폐를 허겁 지겁 먹어 치우자, 그녀는 그 돈이 자기가 낸 술값이라고 역정을 낸다. 그러자 이번에는 신앙심이 돈독한 손님이 여태까지 살아오는 동안에 자기한테 술을 사 준 여자는 한 명도 없었다면서 그녀의 옷맵시가 대단하다고 치켜세운다.

22:24 여태 카오스가 나오지 않고 있다. 나는 참다못해 재떨이로 계산대를 내리치며 항의한다. 그 바람에 재떨이와 계산대의 대리석 상판이 깨진다. 종업원이 다시 와인을 내놓는다. 그러자 지금까지 침묵을 지키고 있던 한 손님이 답례로 솔레아*를 몇 곡 부르겠다고 한다. 그가 목청을 다듬더니 자신의 애틋한 감흥을 불러내면서 「1092387nqfp983j41093(여우 같은 여자여, 내 곁으로 다시 돌아와 주오)」라는 제목의 노래를 부르자, 우리 모두는 하나가 되어 손바닥으로 박자를 맞추며 갈채를 보낸다. 엘레, 엘레**(7v5, 7v5). 바로 그때 신앙심 돈독한 손님이 내 얼굴이 생각났다며 나더러 호르헤 세풀베다***란다.

22:41 (아마도 22시 41분이었을 것이다.) 노래하던 손님이 내면

---

* 안달루시아 지방의 전통적인 노래와 춤.
** 에스파냐에서 응원 구호나 추임새로 외치는 '올레(olé)'와 뜻이 같으나, '엘레'는 부정적인 상황에서 반어적 표현으로도 쓰인다.
*** 에스파냐 발렌시아 출신 가수로, 볼레로(에스파냐 춤곡)와 파소도블레 (투우 행진곡)를 부른다.

의 고통을 표현하기 위해 입을 크게 벌리다가 알본디가스* 접시에 틀니를 떨어뜨린다. 그런데 노래하던 손님이 틀니를 주우려고 접시에 손을 대자, 그를 지켜보던 종업원이 케소 데 볼라**로 그의 머리를 때리며 이제 그만하라고, 이번 주만 해도 틀니로 사기 행각을 벌여 알본디가스를 여덟 접시나 훔쳐 먹었다고, 그렇지만 자기는 그런 사람(이해를 못 할 사람)이 아니라고, 장부에 기입하겠다고 경고한다. 그러나 노래하던 손님은 자기는 이렇게 돼지우리 같은 곳에서 만든 알본디가스를 훔쳐 먹은 적이 없다고, 자기는 한때 파리에서 잘나가던 민요의 왕이었다고, 자기가 원할 때마다 막심스에서 식탁을 차려주었다고 반박한다. 종업원이 군말 없이 와인을 내놓는다.

23:00 혹은 24:00 자기 얼굴에 뭐가 묻었느냐고 묻던 손님이 자신의 속마음을 털어놓는다. 그는 자기 생각이 잘못된 적이 없고, 잘못된 생각을 끝까지 고집한 적도 없지만, 안타깝게도 세 가지 불행스러운 일들이, 다시 말해 하나는 타고난 불운이, 다른 하나는 술과 도박과 여자에 빠진 것이, 마지막은 자신이 원하지 않은 힘 있는 자들에 대한 원망이 자신의 성공을 옭아맸다고 한탄한다. 그러자 가슴 섶에서 돈을 꺼냈던 천박한 여자가, 그가 얼굴값을 하는 것이라고, 그가 그 모양이 된 진짜 이유는 첫째도 방종이고, 둘째도 방종이고, 셋째도 방종 때문

---

* 아랍에서 유래한 에스파냐풍 미트볼.
** 공 모양의 네덜란드식 치즈.

이라면서 아무 때나 늘어놓는 거짓말과 황당한 변명을 듣는 것도 이골이 날 지경이라고 구박한다.

??:?? 마침내 주방에서 내가 주문했던 카요스가 스스로 걸어 나오고 있다. 그사이 천박한 여자가 자기는 자신 있게 스스로를 내세울 수 있는 유일한 여성이라고, 얼마 전까지만 해도 끝내주는 여자였다고, 그로 인해 자기 구역에서 오클라호마의 폭탄이라는 별명으로 불렸다고 강변한다. 이어 우리 눈에 자기가 어딘가 망가진 모습으로 보이겠지만, 그것은 나이 탓이 아니라 다른 몇 가지 이유들, 즉 평소에 딱딱한 강낭콩을 지나치게 좋아하고, 툭하면 남자들한테 얻어터지고, 굳이 이름을 언급하고 싶지 않은 어떤 의사가 시술한 성형수술이 실패한 탓이라며 울분을 터트린다. 나는 울고 있는 그녀에게 다가가서 눈물을 그치라고, 그녀는 내가 한 번도 본 적이 없는, 이 세상에서 가장 매력적이고 아름다운 여인이라고 위로한 다음, 그녀와 기꺼이 결혼할 용의가 있지만 내가 외계인인 데다 다른 행성으로 가는 여정 때문에 어찌할 도리가 없다고 안타까워하는데, 그녀는 남자들이 나처럼 그런 식으로 자기를 기만했다고 반박한다. 그러자 우리 이야기를 듣고 있던 그녀의 애인이, 그러니까 얼굴에 뭐가 묻었느냐고 물었던 사내가 이제 됐다고(무엇이 되었는지 모르겠다.) 그러니 그만 입을 다물라고 다그치는데, 그녀가(남의 말을 잘 받아치는 그녀가) 자기 입을 다물게 하지 말라고, 자기를 낳은 (무슨 말인지 모르겠다.)조차도 그러지는 않는다고, 그가 자궁에서 나오지 않으면 대체 어디

서 나왔느냐고 쏘아 댄다. 나는 그녀의 얘기를 듣고서 그녀한 테 잘못한 그의 입을 향해 날리고(무엇을 날렸는지 모르겠다.) 어쩌면 다른 손님에게 날리고, 아니, 누구한테 날리든 나와는 상관없는 일이고, 아무튼 그들 모두에게 내 애인은 아무한테 도 잘못한 게 없다고 힘주어 말한다.

깜깜한 밤. 내가 날린 것에 맞은 자가 바닥에서 일어나더니, 내 양쪽 귀를 잡고 나를 번쩍 들어 올려 빙빙 돌리기 시작한 다. 내 몸이 선풍기 날개처럼 빙빙 돌아간다. 그 와중에 솔레 아를 부르던 가수는 손으로 알본디가스를 한 움큼 집어서 입 으로 가져가고, 종업원이 프라이팬으로 가수의 복부를 정확 히 가격하여 배 속에 들어갔던 것을(혹은 그것과 비슷한 것을) 토해 내게 만든다. 그때다. 누군가가 들이닥친 것은. 국립경찰 두 명이다. 나는 경찰이 들고 있던 곤봉을 빼앗아서 다른 경찰 을 때리고, 곤봉을 빼앗긴 경찰도 신나게 때린다. 그런데 상황 이 심상찮다. 나는 서둘러서 나를 해체한다. 그러나 해체 공식 을 헷갈려 나는 몰 델라 푸스타*의 조랑말 두 필로 바뀐다. 우 리 모두는 경찰서로 연행된다.

---

* 바르셀로나에 위치한 오래된 부두.

13일

08:00 나는 경찰 앞으로 불려 간다. 경찰은, 술에 취한 내가 인사불성 상태로 잠들어 있을 때, 손님들이 소란을 주도한 인물로 나를 지목했단다. 나만 혼자 놔둔 채 돌아간 손님들은 이 시간에 주점에 있을 것이다. 나를 까맣게 잊은 채. 어디 하나 의지할 데 없는 처량한 나는, 내가 원한 것도 아닌데, 아니, 내 의지와는 상관없이 파키린*으로 변신한다. 경찰이 다시는 이런 짓을 저지르지 말라는 경고와 함께 부하들을 시켜 나를 풀어 준다. 아, 이렇게 부끄러울 수가! 골은 또 왜 이렇게 빠개질 듯이 아픈 것인가!

---

* 투우사 파키리와 여가수 이사벨 판토하의 아들. 1989생이니, 이 작품에서는 갓 두 살이다.

08:45 우주 비행선으로 돌아온다. 응답기에 구르브의 음성은 고사하고 메시지도 하나 없다. 재충전. 파자마.

13:00 눈을 뜬다. 개운하다. 간단한 요기. 오늘은 더 이상 아무것도 먹지 않을 참이다. 나는 『톤톨리나, 휴가 중』, 『톤톨리나, 기숙사에서』, 『톤톨리나, 긴 일몰』을 단숨에 읽어 치운다.*

15:00 돌연 정전. 배전기에 문제가 생긴 모양이다. 나는 기계실로 간다. 내심 요행을 바라면서 이 버튼 저 버튼을 누르고 핸들을 조작해 본다. 역시 나는 기계에는 젬병이다. 젠장! 구르브가 있었으면 즉각 효과적인 조치를 취했을 것이다. 나는 한참 만에 문제점을 찾아 점검 목록에 기입한다.

16:00 아무래도 손대지 말아야 할 것을 건드렸나 보다. 어찌된 영문인지 비행체 내부에 도저히 참을 수 없는 악취가 진동하고 있다. 나는 밖으로 나간다. 아뿔싸, 터빈이 거꾸로 작동하고 있다. 내 탓이다. 부주의로 인해 터빈이 카드뮴과 플루토늄의 분열 에너지를 배출한 게 아니라 거꾸로 그 일대의 하수를 빨아들인 것이다.

16:10 나는 야마모토 제독의 외모(와 품성)를 취하고 난 뒤, 물통을 들고서 비행체의 배수 작업에 들어간다.

---

* 작가가 지어낸 가상의 작품들.

16:15 단념.

16:17 나는 우주 비행선을 방치하기로 결정하고, 구르브가 돌아올 것에 대비해서 메모를 남긴다. '구르브, 나로서는(명예롭게) 비행체를 방치할 수밖에 없음. 돌아오거든, 동네 바르에 (바르 주인 호아킨 씨나 메르세데스 부인에게) 메시지를 남길 것.'

16:40 나는 메르세데스 부인(남편 호아킨 씨는 낮잠을 자는 중이다.)한테 혹시 이렇게 생긴 자나 저렇게 생기지 않은 자가 나를 찾거든, 그자의 메시지를 잘 챙겨 두라고 부탁한다.

17:23 나는 페로카릴 델라 헤네랄리타트*라는 대중교통을 이용해 시내로 나간다. 지구상에 살아 있는 것들(일례로, 양배추에 기생하는 풍뎅이 같은 것들)이 항상 일정한 방식으로 저 홀로 움직이는 것과 달리 사람들은 다양한 교통기관을 이용한다. 교통기관은 편하지만 반대일 경우도 허다하다. 속도나 불편함 혹은 악취를 놓고서 서로 경쟁할 때도 있고, 두 다리로 걷는 게 택시를 타는 것보다 더 빠를 때도 있다. 지하철이라고 잘못 불리는 교통수단은 흡연자들이 가장 많이 이용하고, 상대적으로 버스는 노인네들이 애용한다. 곡예 운전을 이용해서 재주를 부리고 싶은 모양이다. 가장 먼 거리로 이동할 때는 날아다니는 버스, 즉 비행기를 이용한다. 프로펠러로 기체를 밀

---

* 카탈루냐 지방 도심 철도.

어내며 추진력을 얻는 비행기는 동체에 새긴 수호성자들(예를 들어, 아빌라의 성녀 테레사나 로욜라의 성자 이그나시오)의 보호를 받으며 대기권으로 날아오르거나 지상에 내려앉는데, 간혹 여행이 연장될 경우, 승객들은 기내에 남아서 신발을 벗고 무료한 시간을 때운다.

18:30 나는 밤을 보낼 곳을 찾아 나선다. 어제처럼 난리법석을 떠는 곳은 피할 생각이다. 신변을 보장할 수 없는 우려 탓이다. 위험하기는 돌팔매질도 마찬가지고, 더 위험한 것은 도시다. 내 경험에 따르면, 도시는 꼭 필요한 시간 이상 머무는 것을 권장할 만한 곳이 못 된다. 하늘이 개어 있다.

19:30 나는 호텔을 찾아서 돌아다니고 있다. 벌써 한 시간이 지난 뒤다. 어찌된 영문인지 도시 전체에 빈 방이 없다. 호텔의 설명에 따르면, '피키요 델 피미엔토*에 다양한 소를 채워 넣는 새로운 방식들에 관한 심포지엄'에 지구 각국의 전문가들이 몰려들었기 때문이다.

20:30 나는 다시 한 시간을 더 돌아다닌 끝에 가까스로 호텔 방을 구한다. 팁의 실용성 덕분이다. 욕실을 갖춘 그 방은 전망이 좋아서 대규모 공사 현장이 한눈에 내려다보인다. 데스크 직원이 친절하게도 메가폰을 통해 오늘밤에 드릴과 해

---

* 에스파냐의 로도사의 특산물인 작은 피망 모양의 붉은 고추.

머 작업을 구경할 수 있을 거라고 예고한다.

21:30 나는 호텔 근처 가게에서 햄버거를 먹는다. 고깃덩어리를 대충 분석해 보니, 거세한 소, 당나귀, 아라비아 낙타, 코끼리(아시아산과 아프리카산), 비비, 누, 메가테리움이 들어 있고, 말파리와 잠자리, 배드민턴 라켓, 너트, 병마개, 자갈, 극소량의 이물질까지 섞여 있다. 나는 햄버거에 음료수로 수미포트 한 병(대용량)을 곁들인다.

22:20 나는 걸어서 호텔로 돌아온다. 텁텁하면서도 향긋한 공기가 감도는 밤이다. 섭씨 21도, 상대습도 63퍼센트, 살랑대는 바람, 해상의 물결이 잔잔하다. 나는 말 상대가 될 만한 사람이 있나 해서 호텔 바로 들어간다. 손님이 없다. 스탠드에서 바텐더가 혼자 칵테일을 만드는 중이다. 나는 데스크에서 열쇠를 받는다.

22:30 나는 파자마로 갈아입는다. 잠시 TV를 시청한다.

22:50 침대에 몸을 눕힌다. 나는 돈 소폰시오 베유도*의 회고록『알바세테 토지대장과 함께했던 사십 년』을 읽기 시작한다.

24:00 조용하다. 대로에서 벌어지던 공사가 끝난 모양이다.

---

* 작가가 지어낸 가상의 인물.

나는 기도를 하고 불을 끈다. 구르브, 여전히 연락 없다.

02:27 굉음. 방에 비치된 미니바가 폭발한다. 영문을 모르겠다. 나는 반시간 동안 바닥에 어지럽게 널린 것들을 치운다.

03:01 비상. 대로 공사로 인해 가스관이 터졌단다. 다급하게 방을 빠져 나온 투숙객들이 비상구로 대피한다.

04:00 보수 작업이 끝났단다. 투숙객들이 하나둘씩 각자의 방으로 되돌아간다.

04:53 화재. 호텔 주방에서 시작된 불길로 비상구가 화염에 휩싸이자, 투숙객들이 계단으로 피신한다.

05:19 한참을 지나 도착한 소방대가 화재를 진압한다. 계단에 피신했던 투숙객들이 자기들 방으로 돌아간다.

06:00 다시 굉음이 들린다. 굴착기 소리다. 새벽부터 대로 공사가 재개된다.

06:05 나는 이른 시간에 체크아웃을 한다. 노천에서 간밤을 보냈다는 손님이 내가 비운 방을 차지한다. 식품업계 영업 사원인 그는, 자기 회사가 뼈 없는 닭 요리를 개발했는데, 뼈 없는 닭이 요리에는 더없이 좋지만 사육을 어떻게 할지 암담하단다.

14일

07:00 메르세데스 부인과 호아킨 씨의 바르에 들어서자, 메르세데스 부인이 금속 블라인드를 올리고 있다. 나는 부인을 도와 지난밤에 호아킨 씨가 바닥을 청소하면서 테이블 위에 올려놓은 의자들을 내려놓는다. 그녀가 나를 찾은 사람이 없었단다. 나는 그녀에게 꼭 신경을 써 달라고 신신당부를 한다. 그녀가 토르티야 데 베렌헤나스*(내 마음에 드는 음식이다.)를 내놓는다. 나는 여기다가 토마토를 넣은 빵 두 조각과 카냐** 한 잔을 따로 곁들이며 조간을 훑어본다. 이탈리아 월드컵에 출전할 국가 대표 팀 명단이 눈에 확 들어온다. 수비사레타, 첸도, 알코르타, 산치스, 라파 파스, 비야로야, 미첼, 마르틴 바스

---

* 걸쭉한 밀가루 반죽에 달걀을 풀고 물에 불린 가지를 넣은 다음, 올리브유를 두른 팬에 부쳐 낸 요리.
** 바르나 레스토랑에서 판매하는 에스파냐식 잔 맥주.

케스, 로베르토 살리나스, 부트라게뇨, 바케로까지, 그야말로 대단한 팀이다.* 이어 부동산 광고를 신경 써서 들여다본다. 아무리 생각해도 집을 임대하는 일로 골머리를 썩이느니 차라리 장만하는 게 낫겠다.

09:30 나는 부동산 중개소를 찾아간다. 중개인한테 호감을 사기 위해 켄트 공작 부부**로 변신한다. 부동산 중개소에는 집을 구하려는 사람들이 차례를 기다리고 있다.

09:50 나는 《올라!》***를 펼친다. 발두이노라는 인물과 파비올라라는 인물의 결혼****에 관한 특집 기사를 싣고 있다. 발행일을 확인하니 오래된 과월호다.

10:00 어떤 아가씨가 들어오더니, 우리들을 세 그룹, 즉 거주하기 위해 아파트를 구입하려는 A그룹, 검은 돈을 세탁하기 위해 구입하려는 B그룹, 올림픽촌 아파트를 구입하려는 C그룹으로 분류한다. 나는 젖먹이를 데리고 온 부부와 함께 A그룹에 속한다.

10:15 우리 A그룹이 들어간 사무실이 단출하다. 테이블 앞

---

* 실제로 이탈리아 월드컵에 참가한 에스파냐 국가 대표 팀의 명단.
** 영국 왕실의 로열패밀리인 에드워드 공작과 그의 부인 캐서린.
*** 에스파냐에서 발행하는 연예 패션 잡지.
**** 벨기에 왕 발두이노 1세와 에스파냐 출신의 파비올라의 세기적인 결혼.

에는 고지식하게 생긴, 턱수염이 하얀 신사가 앉아 있다. 그가 세상을 살면서 둘도 없는 호기를 잡는 일은 어렵다면서 자기들이 제공하는 것보다 더 많은 것을 요구하지 말라고, 환상을 품지 말라고, 품질과 가격을 동시에 충족하고 싶은 이중성을 단념하라고 강변한다. 나아가 이승에서의 삶이란 높은 차원에서 볼 때 기껏해야 눈물의 계곡에 지나지 않는단다. 그런데 한참을 떠들어 대던 그가 느닷없이 가짜 턱수염을 떼서 휴지통에 내던져 버린다.

11:25 나는 분양받은 새 아파트로 들어선다. 과히 나쁘지 않다. 주방과 욕실을 꾸며야 하는데, 크게 신경 쓸 일이 없다. 나는 요리를 할 줄 모르고, 목욕을 할 일이 없기 때문이다. 결코. 나는 침실에 설치된 커다란 붙박이장이 마음에 든다. 아니다. 그게 아니다. 내가 안으로 들어가자 작동을 준비하는 그것은 붙박이장이 아니라 엘리베이터라는 물건이다.

14:50 나는 아파트 입주증을 수령한 다음, 상수도, 가스, 전기, 전화를 신청하고, 화재와 도난 보험에 가입하고, 세금을 납부한다.

16:30 나는 침대, 기도대(접대용), 응접 세트, 진열장, 식탁, 의자를 구입한다. 섭씨 21도, 상대습도 60퍼센트, 잔잔한 바람, 해상에 잔물결이 일고 있다.

17:58 나는 식탁 세트와 그릇 세트를 구입한다.

18:20 실내복과 커튼을 구입한다.

19:00 청소기, 마이크로 오븐, 증기다리미, 토스터, 프라이 팬, 헤어드라이어를 구입한다.

19:30 세척제, 연화제, 연마기, 식기 세척기, 빗자루, 걸레, 수세미 솔, 행주를 구입한다.

20:30 나는 새 아파트로 거처를 옮긴다. 피자와 대용량 수 미포트를 한 병 준비한다. 파자마를 입는다.

21:30 나는(오늘만큼은) 평소의 독서 목록 대신에 지구인들 사이에서 위대한 명성을 향유하고 있는 영국 여작가의 추리 소설을 챙겨 침대에 눕는다. 줄거리가 단순하고 고루하다. A 라는 인물이 도서관에서 시신으로 발견된다. 누가, 왜 A를 죽 였는지 알아내려고 B라는 인물이 나선다. B는 일련의 허술한 추론을 바탕으로(공식 $3(x2-r)n\pm0$에 적용하면 간단하게 해결된 다.) 용의자 C를 살인자로 확신한다.(당연히 잘못된 것이다.) 아 무튼 이야기는 C를 포함한 모두를 만족시키며 끝난다. 책에 집사라는 인물이 등장하는데, 나로서는 집사가 무엇인지 모르 겠다.

01:30 나는 기도를 하고 잠자리에 든다. 구르브, 여전히 연락 없다.

04:17 나는 자다가 깨어난다. 다시 잠을 이룰 수 없다. 침대에서 내려와 텅 빈 실내를 서성이고 있다. 옆구리가 허전하다. 하지만 그 이유를 도통 모르겠다.

05:40 피로감이 물밀듯이 밀려든다. 나는 나를 옥죄는 어떤 미지수를 떨쳐 내지 못한 채 다시 잠을 청한다.

06:11 나는 다시 잠에서 깨어난다. 문득 무엇인가를 깨닫는다. 아니. 아니다. 사실 나는 이미 알고 있다. 이 집이 진정한 안식처가 되기 위해 필요한 게 무엇인지. 여자. 그래, 여자다. 하지만 지구에서 나와 함께할 여자를 어디서, 어떻게 만난다는 말인가?

15일

07:00 메르세데스 부인을 도와 금속 블라인드를 올리고, 콘센트에 커피 메이커 코드를 꽂는다. 메르세데스 부인이 코를 골며 잠든 남편을 돌려 눕힌다. 한량인 호아킨 씨와 나처럼 성실하고 근면하고 책임감 있는 남자의 차이는 하늘과 땅만큼이나 크다. 메르세데스 부인한테 내가 여자를 사귈 수 있겠느냐고 묻자, 그녀는 내가 여자에 대해 진지한 마음을 갖고 있느냐고, 아니면 잠시 스쳐 가는 애인을 두고 싶은 거냐고 반문한다. 내가 진지하다고 항변하자, 그녀는 그렇다면 구혼자가 넘쳐날 거라고 대답하고는 안뜰을 둘러봐야겠단다.* 그리고 내가 얼른 화제를 바꾸어 어떤 연락이 없었느냐고 묻자, 그녀는 연락이 있었단다. 아, 가슴이 먹먹해진다. 혹시 구르브가?

---

* 곤혹스러운 상황을 벗어나기 위해 사용하는 관용적인 표현.

09:15 메르세데스 부인이 토르티야 데 베렌헤나스와 맥주에다 코드화된 메시지를 가져다준다. 실망. 아, 구르브가 아니라 안타레스 성좌에 있는 AF기지의 최고 위원회에서 발송한 메시지다. 자세한 메시지 내용 해독은 나중으로 미루고, 일단 음식을 먹기 시작한다.

09:30 나는 트림을 한다.

09:35 나는 메시지를 차분하게 해독하기 위해 신사용 화장실로 간다.

09:55 내가 생각보다 복잡한 메시지를 해독하느라 끙끙거리는데, 누군가가 화장실 문을 다급하게 걷어찬다. 나는 모른 척한다.

10:40 암호 해독. 우주 조사국에서 루이시토 수아레스*가 왜 루이스 미야**를 선발하지 않았는지 그 이유를 알고 싶어 한다는 내용이다. 그러나 나로서는 당장 답신을 줄 수 없다. 통신 기기를 비행선에 놔두고 왔기 때문이다.

11:00 나는 지하철을 타고 집으로 돌아오면서 열차를 타고

---

* 1990년 월드컵 당시 에스파냐 국가 대표 축구 팀 감독.
** 전 에스파냐 국가 대표 축구 선수.

내리는 여자들을 지켜본다. 그들 중에서 누군가를 고르는 일이 쉽지 않다. 하나를 고른다는 것은 나머지를 포기해야 한다는 뜻인데, 그리기에는 내가 좋아하는 여자들이 너무 많다.

13:00 나는 당면한 문제, 즉 여자에 접근하기 위한 방법을 오후에 연구하기로 작정한다.

15:00 나는 방법론적인 효과를 구하기 위해서 세 가지 난제를 분류한다. 하나는 생물학적 문제, 다른 하나는 심리적 문제, 마지막은 실천적 문제인데, 나는 모든 것에서 자유롭지 못한 상태다.

15:30 세부적으로 유용한 것들도 적지 않다. 예를 들어, 인간들의 생식기관은 두 부분, 즉 상부와 하부로 나뉘며, 후자의 경우는 폰스로 명명된 다리뇌 혹은 돌기 부위와 연관이 있다.

17:05 나는 가판대를 찾는다. 《플레이보이》 달력을 재킷 속에 감추고 부리나케 뛰어서 집으로 돌아온다.

17:15 나는 《플레이보이》 달력에 실린 아가씨들의 해부학적 특성에 대해 자문한다. 과연 이들이 9만 파스칼의 대기압을 견딜 수 있을까.

19:00 오후 내내 연구하고 있는 문제와 연관된 몇 가지 사

항을 나름대로 정리해 본다. 남자는 어떤 때에 여자한테 존중을 받는가? 남자의 도덕적 품성과 사회적 위치, 옷맵시와 청결한 모습이 여자한테 각인될 때다. 가끔은 폭력을 쓰기도 하는데, 그것은 경우에 따른 선택 사항일 뿐이다. 이런 경우들도 염두에 두어야 한다. 장례식 때, 어떤 경우에 꽃을 보내고 어떤 경우에 안 보내는가? 남녀 사이에 반말을 쓰는 것은 합당한가? 모자, 장갑, 지팡이는 필요한가? 성수반(聖水盤) 앞에서의 숙연한 순간은 어떻게 할 것인가? 가벼운 요깃거리는, 침대 겸용 소파는, 아가씨들은…… 아, 그 도발적인 포즈들!

20:00 나는 거울 앞에서 여러 인물로 변신해 본다. 여자들은 눈으로 사로잡아야 하며, 그래서 첫인상은 대단히 중요하다. 나는 오란테스*로, 비리아투스**로, 아르마니로, 아이젠하워로 변신을 거듭한다.

20:30 나는 기분도 전환할 겸 산책을 나선다. 섭씨 18도. 상대습도 65퍼센트. 산들바람. 해상의 물결이 잔잔하다.

20:55 지구상에서 바르셀로나처럼 다양한 문화를 뽐내는 도시는 흔하지 않다. 안타까운 것은 문화 행사나 공연 관람 시간이 시민들의 편의 생활과 꼭 일치하지 않는다는 점이다. 일례

---

* 에스파냐 출신의 세계적인 테니스 선수.
** 이베리아 반도에서 로마군에 대항해 결사 항전을 벌였던 루시타니아족의 용사이자 지도자.

로, 돌고래 울리세스 쇼* 관람 시간은 오전으로 한정되어 있다. 날마다 똑같은 시각이다. 그래도 나는 운이 좋은 편이다. 람블라스 구역에 들어섰을 때, 엘 리세오의 공연이 시작되기 직전이었으니 말이다.

23:30 엘 리세오는 에스파냐를 넘어 유럽에서 최고로 손꼽히는 대극장이지만 재정 압박으로 인해 공연의 질적 수준이 떨어지고 있다. 프로그램에 따르면, 오늘만 해도 오케스트라와 합창대가 불참했단다. 체불 임금 탓이다. 그들 대신 엔지니어들로 구성된 투나**가 등장하는데, 그런 탓인지 「보리스 고두노프」***가 기대에 못 미친다.

24:00 나는 집으로 돌아온다. 구르브, 여전히 연락 없다. 파자마. 양치질. 내 삶의 어린 예수. 잠을 청한다.

---

* 바르셀로나 동물원에서 시민들의 총애를 받던 돌고래의 공연.
** 원래는 대학생으로 구성된 에스파냐의 전통적인 악단으로, 고풍스러운 의상을 입고서 민요를 연주한다.
*** 모데스트 무소륵스키가 작곡한 4막의 러시아 오페라.

16일

07:00 나는 호아킨 씨를 도와 금속 블라인드를 올리고 의자들을 정리한다. 이어 스탠드 위에다 종이 냅킨 상자와 꼭지에 난 구멍으로 이쑤시개를 뽑아 쓸 수 있는 반투명한 원통들을 제 위치에 놓는다. 웬일인지 메르세데스 부인이 안 보인다. 호아킨 씨가, 메르세데스 부인으로 호칭되는 자기 아내가 밤새 끙끙 앓다가 아침 일찍 병원에 갔는데, 콩팥에 다시 돌이 생긴 것 같아서 걱정이란다. 나는 조속한 쾌유를 빌고 나서, 내가 좋아하는 토르티야 데 베렌헤나 대신에 토마토와 푸에트* 가 들어간 빵을 먹는다. 오늘도 나한테 남겨진 메시지는 없다.

09:00 나는 조간을 쓱 훑어본 뒤에 바르로 속속 들어오는

* 카탈루냐풍 소시지.

단골들과 대화를 나눈다. 다들 살루와 빌라세카 문제*로 걱정이다. 나이가 지긋한 손님이 유명한 단치히 문제**를 언급하면서 그로 인한 역사적 상처가 지속되었다며 안타까워한다. 그러자 이번에는 다른 손님이 핵무기의 존재 자체가 끔찍한 재앙을 가져오는 세상인데, 양 지역의 지루한 대치 상태는 적절하지 못하다고 지적한다. 이어 다른 손님이 인간들은 짐승이나 다름없다고 하고, 또 다른 손님이 악마의 손에 무서운 무기가 쥐어졌다며 현실을 개탄한다. 그들의 대화에서 낱말 퍼즐에 유용한 용어들이 오가는데, 예를 들어 타스는 세공사의 모루이고, 이사는 카나리아제도의 전통 춤 이름이다.

09:10 메르세데스 부인이 택시를 타고 바르에 도착한다. 얼굴이 백지장처럼 창백하지만 미소를 잃지 않는다. 내일 엑스레이 검사 결과가 나올 예정인데 요로결석일 가능성이 많단다. 의외로 담담하다. 그녀가 접시를 닦겠다는 것을 손님들이 말리고 나선다. 그녀한테 필요한 것은 휴식, 휴식, 오로지 휴식뿐이다. 나도 앞치마를 두르고 접시와 컵을 닦는다. 실수로 그릇 두 개를 깨뜨린다.

10:00 나는 바르셀로나로 돌아온다. 지하철을 타고 가는 아

---

* 카탈루냐 지방에 위치한 세계적인 테마 공원 '포트 아벤투라'를 놓고서 당시 두 지역이 입지 선정과 명칭, 세제 문제로 대립했다.
** 독일과 폴란드 사이의 영토 문제. 발틱 해에 위치한 항구 도시 단치히는 1945년에 그단스키로 원래의 지명을 되찾았다.

가씨들이 빵보다 더 좋다. 진짜다. 나는 여자들한테 말을 건네면서도 그들이 혹시나 나를 철면피로 여기지 않도록 자못 신중하게 처신한다.

11:00 공사 중인 아니요 올림피코*와 팔라시오 나시오날**, 세군도 신투론***을 차례대로 둘러본다. 일각에서는 공사비가 예상보다 더 많이 들 거라고 불평하거나 완공 후 수입이 예상보다 적을 거라고 우려한다. 내가 볼 때 지구인들은 단순한 산술적 계산에 치중할 뿐 장기적인 안목을 무시하는 경향이 있다. 잘못을 자각하면 고치는 일은 아무것도 아닌데도 자기 잘못을 시정하려는 자는 거의 없다. 내 말귀를 못 알아듣는 사람들을 위해 소소한 예를 하나 들어 보자. 시중에서 판매되는 과일 중에서 배 하나의 가격이 3페세타라면, 3628년에 배 세 개의 가격은 얼마가 될까? 정확히 987,365,409,587,635,294,736,489페세타이다. 그런데도 올림픽 행사 준비를 소홀히 하는 것은 태양력으로 2000년이 되기 전에 에스파냐 중앙은행이 금 본위제를 포기하고 우유가 들어가는 초콜릿과 우유가 들어가지 않는 초콜릿, 개암 열매가 들어가는 초콜릿, 이렇게 세 가지 초콜릿을 내놓는 엘 고리아

---

* 1992년 바르셀로나 올림픽의 주요 상징물.
** 1929년 바르셀로나 만국박람회 때 완공된 건축물. 주로 예술품 전시장으로 이용된다.
*** 바르셀로나 올림픽에 대비해 만든 주요 간선도로. 공식 명칭은 '론다 데 달리'다.

가* 초콜릿 본위제 통화 체제로 대체할 거라는 미래의 사실에 관심을 두지 않는 것과 조금도 다를 바 없다.

15:00 나는 바르셀로네타**에서 생선 튀김을 먹는다. 잇달아 타르타를 먹고 위스키, 커피, 맥주를 마시고, 파리아스***를 태운다. 나는 집으로 돌아와 알카셀처****를 먹는다.

19:30 나는 시에스타에 들어갔다가 채널 '테베 도스'에서 생중계하는 농구 준결승 경기 시간에 맞춰 깨어난다. 바르사 팀의 경기 운영이 엉망이다. 다들 신경질적이다. 엎치락뒤치락 접전이 이어지다가 타임아웃 직전에 간신히 승리한다. 섭씨 22도. 쾌청한 하늘. 상대습도 75퍼센트. 부드러운 남풍. 해상의 물결이 잔잔하다.

23:00 나는 본격적인 바르 순례에 나서기로 작정한다. 어디든 피하지 않을 것이다. 나는 외출 전에 프라스쿠엘로 2세*****로 변신한다. 오, 그대들이 원하는 것은 출정, 이제 곧 그대들은 보게 될 것이다.

---

* 에스파냐에서 생산되는 유명한 초콜릿 상표.
** 바르셀로나의 해안에 위치한 구역.
*** 싸구려 시가.
**** 독일 바이엘사에서 나온 발포성 소화제.
***** 작가가 만들어 낸 가상의 인물. 프라스쿠엘로는 에스파냐의 투우사.

23:30 나는 보나노바 구역의 현대식 바르에서 쿠바타*를 한 잔 마신다. 이 바르는 FAD 상**(인테리어 부문)을 수상했다. 아가씨들이 거의 보이지 않는다.

00:00 엔산체 구역의 현대식 바르에서 쿠바타 한 잔. FAD 상(인테리어 부문)을 수상한 이 바르에는 아가씨들이 꽤나 많다. 나는 그들과 함께 어울린다.

00:30 라발 구역의 현대식 바르에서 쿠바타 한 잔. 이 바르는 FAD 상(인테리어 부문)을 수상(공동수상)했다. 아가씨들이 무척 많다. 나는 그들과 함께 어울린다.

01:00 푸에블로 누에보 구역의 현대식 바르에서 쿠바타 한 잔. 이 바르는 FAD 상(공간 복원 부문)을 수상했다. 아가씨들이 하나도 없다. 내가 잘못 들어선 모양이다.

01:30 산트스 구역의 현대식 바르에서 쿠바타 한 잔. 이 바르는 FAD 상(인테리어 부문) 최종 결선까지 진출했다. 아가씨들이 삼삼오오 흩어져 있다.

02:00 오스피탈레트 구역의 현대식 바르에서 쿠바타 한 잔.

---

* 보통 럼주와 콜라를 섞어 만드는 칵테일의 일종.
** 건축물의 예술적 장식을 장려하는 상. 1958년에 바르셀로나 건축가 오리올 보이가스에 의해 제정되었다.

이 바르는 상을 못 받았다. 여기저기 아가씨들이 흩어져 있다. 생음악에 분위기 하나는 끝내준다. 나는 무대에 올라가 마이크를 잡고서 이런 경우를 예상해서 지었던 노래를 부르기 시작한다.

자, 해 보라고
자, 해 보라고
자, 해 보라고
자, 해 보라고
자, 해 보라고
그렇게 하고 싶으면
자, 해 보라고
(내 말대로 하는 거야)
자, 해 보라고
자, 해 보라고
……

한참 노래를 부르고 있는데, 무대 위로 우악스럽고 험상궂은 사내들이 올라온다. 나는 이번 주만 해도 이미 두 번이나 경찰들을 만난 터라 군말 없이 그들의 안내를 받으며 밖으로 나온다.

04:21 나는 우르키나오나 광장의 화단에서 내내 먹고 마신 것을 토한다.

04:26 카탈루냐 광장의 화단에서 또 토한다.

04:32 우니베르시다드 광장의 화단에서 또 토한다.

04:40 문타네르 거리와 아라곤 거리의 교차로 건널목에서 또 토한다.

04:50 집으로 돌아가는 택시에서 또 토한다.

17일

11:30 눈을 뜬다. 내가 어떻게 집으로 돌아왔는지 전혀 모르겠다. 간밤에 입었던 투우사 복장 그대로다. 투우사 모자와 칼이며, 그들이 나한테 허용한 투우의 한쪽 귀*까지 잃어버렸지만 말이다. 도저히 몸을 가눌 수 없다. 머리부터 발끝까지 어지럽다. 눈앞이 핑핑 돈다. 차라리 침대에 누워 뒹구는 게 낫겠다. 일요일이라서 호아킨 씨 부부의 바르도 문을 열지 않았을 것이다. 구르브, 여전히 연락 없다.

14:00 나는 생각을 바꿔서 간신히 몸을 추스르며 바깥으로 나선다. 날씨는 덥고, 거리는 한산하다. 많은 도시인들이 그들의 2차 주거지인 교외에서 주말을 보내기 위해 도시를 빠져

---

* 투우 경기에서 심사위원들이 투우사한테 주는 상.

나갔기 때문이다. 모든 것이 철저하게 닫혀 있다. 상점은 물론이고, 바르도, 레스토랑도 마찬가지로 문을 닫았다. 나한테는 플림*이 필요하다. 위장이 존재하는 한, 빈속을 채우지 않고서는 견딜 수가 없다.

14:20 조그만 스포츠 용품 가게가 열려 있다. 다들 쉬는 일요일에 문을 열고 자전거를 대여하는 것으로 봐서 주중에 빗자루 하나도 못 파는 모양이다. 나는 자전거를 빌린다. 이 물건은 개념상으로는 단순하지만 조작이 여간 어려운 게 아니다. 걸을 때와는 달리 두 다리를 한꺼번에 사용하지만 한쪽 다리를 뻗으면 반대쪽 다리는 죽은 상태가 된다. 그들은 이러한 동작이나 모습을(눈에 보이는 대로) 밟는다라고 표현한다. 반면에 자전거를 타지 않고 걸을 때, 먼저 왼쪽 발을 오른쪽 발의 우측에 내려놓고, 이어 거꾸로 오른쪽 발을 왼쪽 발의 좌측에 내려놓을 때가 있는데, 이런 경우에는 스텝을 멋들어지게 밟는다라고 표현한다.

15:00 자전거를 탈 때, 경사가 심한 도로에서 두 가지 경우, 즉 내려가는 경우와 올라가는 경우가 생긴다. 전자(내리막길)는 즐기는 쪽이고, 후자(오르막길)는 어찌나 힘이 드는지 혹독한 고문을 당하는 기분이다. 다행히 자전거에는 양쪽 핸들에

---

* 에스파냐 만화가 에스코바르가 창조한 영웅 캐릭터. 누구든지 그의 이름을 부르면 즉시 나타난다.

브레이크라는 게 달려 있어 속도를 낼 때나 내리막길에서 급격한 가속도가 붙는 것을 제어하고, 반대로 오르막길에서는 뒤로 물러나지 않도록 해 준다.

17:30 나는 자전거를 반납한다. 운동은 역시 잃어버린 식욕을 자극한다. 추로* 가게로 들어가서 추로 1킬로그램, 부뉴엘로** 1.5킬로그램, 페스티뇨*** 3킬로그램을 먹어 치운다.

18:00 음식물을 소화시킬 겸 벤치에 자리를 잡고 앉아 있는데, 한산하던 거리에 차량이 밀려들기 시작한다. 도시를 떠났던 사람들이 돌아오는 것이다. 하지만 차량이 늘어나면서 시내 도로가 심각한 교통 체증으로 몸살을 앓는다. 교통 체증이 어떤 때는 일주일 내내 지속되는데, 이로 인해 주거지인 도시로 돌아오지 못해서 가정 경제와 자녀 교육을 포기하는 불행한 시민(과 가족들)이 생겨날 정도다.

교통 체증은 이 도시가 안고 있는 가장 심각한 문제이자, 이 도시의 수장인 마라갈**** 시장의 골칫거리다. 오죽했으면 시장은 자동차를 자전거로 대체하자고 누누이 역설하고, 언론은 자전거 타는 시장의 모습까지 실었겠는가. 물론 시장은 진짜 먼 거리를 자전거로 달린 적이 한 번도 없지만 말이다. 혹

---

* 밀가루 반죽을 기다랗게 만들어 기름에 튀긴 에스파냐 전통 도넛.
** 밀가루 반죽에 야채와 고기 같은 소를 넣고 기름에 튀긴 일종의 크로켓.
*** 밀가루를 우유나 설탕과 반죽해서 기름에 튀긴 과자.
**** 파스쿠알 마라갈. 재임 당시 바르셀로나 올림픽을 개최했다.

자는 이 도시의 도로가 평탄하면 시민들이 자전거를 더 많이 이용할 거라는데 생각보다 썩 좋은 방안인 것만은 아니다. 현실적으로 빌딩 숲으로 덮인 도시를 평탄하게 만든다는 것은 불가능하기 때문이다. 그 대안으로 이 도시에서 가장 높은 지점에 자전거를 비치해 두는 방안은 어떨까. 시민들은 거의 페달을 밟지 않고서도 빠른 속도로 시내에 진입할 수 있고, 시청은(혹은 시청에서 허가를 내 준 해당 업체는) 시민들이 일정한 장소에 가져다 놓는 자전거를 수거해 운반용 차량에 실어다 제자리로 옮기면 되지 않겠는가. 그러나 이러한 시스템은 상대적으로 경제적이지만 도착 지점에 안전 그물망이나 충격 완화 스펀지를 설치해야 할 것이다. 자전거에 익숙하지 않거나 자전거만 타면 바다를 향해 돌진하는 미친 사람들을 감안해야 하는 까닭이다. 여기서 의문이 하나 생긴다. 일단 시내로 나온 사람들이 집에 돌아갈 때는 어떻게 할 것인가. 하지만 이 문제까지 시청이 고민할 것은 없다. 이런 문제에 대해서 시민들의 주도권을 제어할 제도적 기능이 없었던 시청은, 늘 그랬듯이(한 번도 그런 적이 없듯이) 팔짱을 끼고 모른 체하면 되지 않은가. 그건 그렇고 이런 발명품은 어떨까. 시가 떠를 튕기면 시가에 불이 붙는 점화 장치나 화학 물질 같은 거…… 섭씨 21도. 상대습도 75퍼센트. 산들바람, 해상의 물결이 잔잔하다.

19:10 나는 집으로 돌아오다가 아파트 현관 앞에서 4층 1호에 사는 이웃집 여자를 만난다. 이웃집 여자는 자동차를 차도

에 세워 놓은 채 커다란 봉지와 박스를 내리는 중이고, 그녀의 어린 아들은 보도에 서서 손가락으로 코를 후비고 있다. 내 시선은 속옷이 드러나는 직물 셔츠와 짧은 바지를 입고 있는 그녀에게서 떨어지지 않는다.

19:15 부끄럽다. 나는 나무 뒤에서 모자의 모습을 지켜보다가 도와주겠다고 나선다. 이웃집 여자는 주말마다 겪는 귀찮은 일이지만 습관이 되어서 괜찮다고 거절했다가, 그래도 내가 도와주겠다고 우기자, 못 이기는 척하면서 엠부티도가 가득 담긴 봉지를 내게 건네준다. 내가 직접 만든 것이냐고 묻자, 이웃집 여자는 라 비스발 근처에 있는 조그만 마을에서 샀다고, 그곳에 가게가 있단다. 이어서 내가 왜 여기까지 음식을 가져와서 먹느냐고 묻자, 이웃집 여자는 내가 무슨 말을 하는 건지 이해하지 못하겠단다.

19:25 나는 짐을 엘리베이터로 옮긴다. 엘리베이터를 타고 올라가는 동안에 이웃집 여자의 체격을 눈어림해 본다. 키가 (서 있는 상태에서) 173센티미터이다. 가장 긴 털이 47센티미터이고(후두부에 위치하고), 가장 짧은 털이 0.002센티미터이다.(입술 위에 위치한다.) 팔꿈치에서 손톱(엄지)까지의 길이는 40센티미터, 왼쪽 팔꿈치에서 오른쪽 팔꿈치까지의 길이는 36센티미터(다소곳이 서 있을 때)와 126센티미터(양팔을 동그랗게 펼쳤을 때)이다.

19:26 나는 엘리베이터에서 4층 계단참으로 짐을 옮긴다. 이웃집 여자는 감사의 표시로 잠깐이나마 초대하고 싶지만 아이가 고단해하고, 더욱이 내일 학교에 가야 하기 때문에 일찍 목욕을 시키고 저녁을 먹여 재워야 한단다. 내가 폐를 끼치고 싶지 않다고, 어차피 이웃에 살고 있으니 다시 만날 수 있을 거라고 대답하자, 그녀가 나를 이미 알고 있단다. 여자 수위가 나에 대해 얘기했다는 것이다. 혹시 여자 수위는 내가 자유분방하고 방종을 일삼는다는 사실까지 그녀에게 고자질한 게 아닐까?

20:00 나는 8시 미사에 가까스로 도착한다. 이웃집 여자와 노닥거린 탓이다. 설교는 장황하면서도 꽤나 흥미롭다. 그대를 속이는 자들을 믿느니, 차라리 그대를 안 속이는 자들을 믿으라.

21:30 추로 가게가 문을 닫는 중이다. 나는 가게에 남아 있는 추로를 몽땅 사 들고 아파트로 돌아온다.

22:00 나는 텔레비전을 보면서 추로를 몽땅 먹어 치운다. 자꾸 이웃집 여자의 모습이 아른거린다. 마음에 든다. 살다 보면 무엇인가를 가까이 놔둔 채 멀리서 찾는 경우가 다반사다. 특히 우리 같은 우주선 승무원들은 자주 겪는 일이다.

23:00 파자마. 양치질. 그건 그렇고, 자동차나 한 대 살까?

23:15 나는 『에스파냐의 미용실 반세기』*(1권, 공화국과 시민전쟁 시대)를 읽는다.

00:30 기도. 구르브, 여전히 연락 없다.

---

* 작가가 지어낸 가상의 작품.

18일

07:00 나는 메르세데스 부인과 호아킨 씨의 바르로 간다. 두 사람이, 그러니까 메르세데스 부인과 호아킨 씨가 금속 셔터 문을 닫고 있다. 무슨 일로 습관을 변경하는 겁니까? 아니, 이렇게 표현하는 게 낫겠다. 무슨 일로 습관을 전환하는 겁니까?* 호아킨 씨가 간밤에 통증이 재발한 메르세데스 부인을 병원에 데려가려던 참이란다. 병원 때문에 가게 문을 닫아야 한다면서 이맛살을 찌푸리는 호아킨 씨와 메르세데스 부인한테 병원에 다녀올 때까지 내가 대신 바르를 봐주겠다고 제안하자, 그들 부부는 폐를 끼치고 싶지 않다고 거절한다. 그러나 나는 끝까지 우겨 내 의지를 관철하고 만다.

_____

* 앞장에서 이웃집 여자가 주말마다 "습관이 되어서" 괜찮다고 한 표현을 패러디하고 있다.

07:12 호아킨 씨와 메르세데스 부인이 나한테 바르에서 자주 사용되는 조리 기구들의 기능과 조작을 간단하게 설명해 준 다음, 그들의 자동차인 세아트 이비사를 몰고 병원으로 떠난다.

07:19 그들 부부가 떠나자마자, 나는 바르에 설치된 각종 비품과 기구들을 살펴본다. 딱 하나, 기이하게 생긴 수도꼭지만 빼놓고 나머지는 못 다룰 것도 없을 것 같다.

07:21 나는 커피 메이커부터 챙긴다. 모든 것을 미리 준비해야 손님들이 오래 기다리는 일이 없을 것이다.

07:40 나는 같은 이유로 간편한 음식들을 미리 준비하지만 만들자마자 꿀떡꿀떡 삼킨다. 손님이 아니라 내가 말이다.

07:56 진열장 위에 바퀴벌레 한 마리가 나타난다. 녀석은 내가 길쭉한 요크 하몬으로 내리치기 직전에 진열장과 개수대 사이로 숨더니, 그 사이에서 촉수를 세운 채 나를 조롱한다. 흠, 두고 보자고. 쿠칼* 맛을 보게 해 줄 테니까.

08:05 맥주잔이 안 보인다. 나는 궁리 끝에 맥주 호스를 직접 입에 대고 마셔 보는데, 그 바람에 내 몸에 들어간 맥주가

---

* 에스파냐에서 판매되는 살충제.

땀구멍을 통해 거품을 일으키며 배출된다. 내 모습이 흡사 털북숭이 양 같다.

08:20 첫 번째 손님이 들어온다. 아, 제발 내가 알기 쉽고 서빙을 하기 편한 음식을 주문해 주길…….

08:21 첫 번째 손님이 나한테 인사를 건넨다. 나는 손님처럼 똑같은 말로 인사를 건네는 것과 동시에 커피 메이커와 냉장고와 크로와상이 똑같은 인사로 대답하도록 조처한다. 우리들의 합창 인사에 손님이 어안이 벙벙한 표정을 짓는다.

08:24 손님이 밀크 커피를 주문한다. 그러나 미리 준비한 커피 메이커가 작동하지 않는다. 기계가 본래 고장이 났거나 내가 조작을 잘못했나 보다. 나는 손님이 주문을 취소하기 전에 서둘러 응급조치를 취한다. 내 몸에서 방출한 에너지 덕분에 물을 금방 데운 커피 메이커에서 기막히게 향긋한 커피가 나오기 시작한다.

08:35 나는 손님이 주문한 밀크 커피를 내놓는다. 잔뜩 신경을 쓴 탓인지 맥이 탁 풀린다. 나는(한참 뒤에야) 내 콧속에 전기 플러그가 꽂혀 있고, 커피 대신 쿠칼을 넣었다는 사실을 깨닫는다. 섭씨 21도. 상대습도 50퍼센트. 느긋한 북동풍. 해상에 잔물결이 일고 있다.

11:25 바르의 천장에 달걀 스물두 개로 조리한 토르티야가 붙어 있다. 내가 토르티야를 떼어 내기 위해 기를 쓰고 있을 때 호아킨 씨가 돌아온다. 나는 호아킨 씨가 경악하기 전에 미리 커피 메이커, 냉장고, 식기 세척기, 텔레비전, 전구는 물론이고 의자까지 모두 새것으로 갖추어 주겠노라고 얘기한다. 그리고 그의 노기를 달래기 위해 오전에 손님들이 북적였다고 자랑스럽게 말하며 계산대 금고를 열어 보인다. 금고에 8페세타가 들어 있다. 이상하다. 생각보다 돈이 적다. 내가 거스름돈을 잘못 내주었나 보다. 그러나 호아킨 씨는 마치 딴사람 같다. 내 이야기에는 관심이 없다. 토르티야를 떼어 내기 위해 사다리도 없이 천장에 착 달라붙어 있는 나를 쳐다보지도 않는다. 그제야 나는 그가 혼자 바르에 돌아왔다는 사실을, 다시 말해 그의 아내인 메르세데스 부인과 함께 돌아오지 않았다는 사실을 깨닫는다. 무슨 이유인지 궁금해진다. 왜 혼자 돌아왔을까.

11:35 호아킨 씨가 이맛살을 찌푸리면서 자기 아내인 메르세데스 부인을 병원에 입원시켰고, 내일은 수술을 할 거란다. 심상찮은 문제가 대두된 모양이다. 나는 그를 도와 바르의 문을 닫는다.

11:55 나는 지하철을 타고 바르셀로나 시내로 돌아온다. 지하철을 타고 내리는 아가씨들이 하나같이 멋진데, 그들이 나한테는 눈길조차 주지 않는다. 왠지 마음 한구석이 답답하고

꽉 막힌 기분이다.

12:20 나는 점심시간까지 시가지에서 벌어지는 공사들을 유심히 지켜본다. 건물을 짓는데, 지상층보다 지하층이 더 많은 게 유행인가 보다. 무슨 말인고 하니, 지상이 5층 내지 6층인 반면, 지하는 10층이나 15층이라는 것이다. 대부분 주차장이나 거주지로 사용할 모양인데, 거주지만 놓고 보자면, 공사비가 비쌀 수밖에 없다. 이 도시에는 안락한 가정들이 두 가지 문제를 두고 고민한다. 자식을 공부시키자고 미국으로 보낼 것인가. 주차는 어디에다 어떻게 할 것인가. 오래전, 그러니까 자동차가 없었을 때는, 아니, 자동차는 고사하고 미국이란 나라 자체가 존재하지 않았을 때는 전혀 없었던 일이다. 당시 건축물에서 지하에 둔 것은 기껏해야 지하실이나 창고, 헛간 아니면 감옥이었다.

세상은 항상 똑같지 않고 항상 변한다. 아주 오래 전, 그러니까 문서나 기록이 남아 있지 않은 먼 옛날, 지구인들의 거처는 지하였다. 원시인들은 두더지나 토끼, 오소리나 오리 같은 동물의 거처를 본떠서 집을 만들었는데, 동물들은 벽돌을 쌓을 줄 모르고, 자연 외에는 가르쳐 줄 선생이 없었다. 실제로 그 시대의 건축물은 지상이 아니라 지하에 위치했다. 집은 물론이고 거리도, 광장도, 극장도, 신전도 지하에 지어졌다. 그 시대의 도시는 지상에서 한 뼘도 더 올라가지 않았다. 일례로 저 유명한 바빌로니아(연대기나 역사책에 나오는 바빌로니아가 아니라, 오늘날 취리히 근처에 위치한 바빌로니아) 또한 완전한 지하 도시로, 건축가이자 원예가인(훗날에 신격화된) 아분디오 그린텀*은 나무와 풀이 지하 쪽으로 매달린, 다시 말해 식물이 밑으로 자라는 정원을 만들었던 모양이다.

14:00 어제 내가 봤던 추로 가게가 안 보인다. 어찌 된 일인 가. 나는 어안이 벙벙한 채 이 사람 저 사람을 붙잡고 그 이유를 물어본다. 추로 가게는 트레일러에 설치된 것으로, 컨테이너 한쪽을 양쪽으로 벌리면 진열대로 변하는 이동식 가게란다. 내가 볼 때 상당한 수익성이 기대되는 이동식 가게 시스템(물론 시청의 허가가 필수적이다.)은 이른 아침부터 문을 여는데, 특히 보나노바 구역 윗동네에 위치한 학교 밀집 지역에 몰려 있고, 그들의 주요 고객은 학생이나 교사들이다. 그들은 등교 시간이 지나면 이동식 가게를 다른 곳으로, 예를 들어 수감자를 접견하는 변호인이나 가족들, 수감자를 감시하는 교도관이나 교도소를 탈출한 수감자가 주요 고객인 모델로 교도소 정문으로, 또는 병원 직원이나 경미한 상처를 입은 환자 혹은 조금도 위중하지 않으면서 진짜 위중한 환자들 틈에 끼고 싶어 하는 환자들이 모여드는 오스피탈 클리니코의 응급실 정문, 또는 (광란의 관광객과 투우사들이 모여드는)바르셀로나 투우장과 (바르셀로나 오케스트라 취주악단 멤버들이 연주하는) 카탈루냐 음악 전당 정문 앞으로 옮긴다.

---

* 작가가 지어낸 가상의 인물.

15:00 나는 집으로 돌아온다. 그런데 아파트 엘리베이터에 팻말이 하나 달려 있다. '사용 불가.' 나는 하는 수 없이 계단을 걸어 오른다.

15:02 내가 한참 계단을 걸어 오르는데 이상한 소리가 들린다. 분명 이웃집 여자의 집에서 나는 소리다. 나는 걸음을 멈추고서 초인종을 해체하고 전선을 귀에 꽂는다. 아, 그 여자음성이다! 듣자 하니 아들 녀석이 채소를 안 먹겠다고 투정을 부리는 모양이다. 그녀가 채소를 안 먹으면 키가 크지 않는다고, 슈퍼맨처럼 튼튼해지지 않는다고 달래다가, 그래도 말을 안 듣자, 오 분 내로 양배추를 안 먹으면 의자로 이를 부러뜨려 놓고 말겠다고 다그친다. 나는 남의 가정사를 훔쳐보는 게 부끄러워 귀에 꽂았던 전선을 초인종 박스에 걸어 놓고 서둘러 계단을 오른다.

15:15 나는 추로 가게에서 사온 추로 10킬로그램을 먹어 치운다. 추로는 기름 봉지까지 말끔하게 해치울 만큼 내 입맛에 딱 맞는 음식이다.

16:00 나는 침대에 누워서 몸통이 멜론만큼이나 큰 거미들이 매달려 있는 천장에 시선을 고정한 채 이웃집 여자를 생각해 본다. 아무리 궁리(나로서는 하나마나 한 궁리)를 해도 이웃집 여자한테 접근할 적당한 구실이 떠오르지 않는다. 그녀의 집을 방문하거나 우리 집으로 저녁 초대를 하는 것은 어떨까.

적절하지 못한 행동에 적당한 기회도 아닌 것 같다. 그렇지만 초대란 게 어떤 것을 증정하는 것보다는 낫지 않을까. 증정을 하더라도 돈은 안 되지만, 혹시라도 보낸다면 동전보다는 지폐가 나을 것이다. 아니, 돈보다는 보석이 더 낫겠다. 격식이 있지 않은가. 아니, 향수는 어떨까. 향수는 미묘한 것이지만 지극히 개인적인 물건이라 자칫 상대방의 취향에 맞지 않아 역효과를 낼 수도 있다. 설사약이나 유화제, 피부약이나 구충제, 항류마티스제 같은 약제들도 마찬가지다. 오히려 꽃과 애완동물은 어떨까. 장미 한 송이와 도베르만 스물네 마리를 보내는 것도 과히 나쁘지는 않을 것 같은데…….

17:20 불현듯 두려움이 앞선다. 이웃집 여자가 아무 선물이나 덥석 받아들이지는 않을까. 선물이라면 죽고 못 사는 여자들처럼. 그건 그렇고, 일단은 쿠칼로 천장에 달라붙어 있는 저 거미들부터 제거해야겠다.

17:45 옷이 필요하다. 나는 거리로 나선다. 먼저 반바지부터 고른다. 아, 반바지 바짓단 밑으로 속옷이 삐져나오지만 않으면 아주 시원한 느낌을 줄 텐데 어떻게 해야 하나. 그렇다고 속옷을 벗을 수도 없는 노릇이다. 지금 날씨가 한여름이나 다름없지만(수은주가 높이 올라가고 있지만) 겉만 지구인으로 변신했을 뿐 실제 내 몸의 신진대사로 인해 양발은 종아리와 넓적다리가 그렇듯 얼어붙어 있고, 무릎과 궁둥이(한쪽 궁둥이)는 부글부글 끓고 있다. 머리도 마찬가지다. 지금처럼 뇌가 지

속적이고 집중적으로 활동할 때 뇌의 온도는 섭씨 150도를 상회한다. 뜨겁게 달아오르는 뇌의 열을 식히기 위해 주유소 매점에서 얼음을 채울 수 있는 챙이 좁고 통이 높은 모자를 사서 머리에 쓰지만 일시적인 미봉책에 지나지 않는다. 고온으로 인해 모자에 채워진 얼음이 금방 녹고, 녹은 물이 부글부글 끓으면서 머리 뚜껑이 열릴 지경이다.(물론 지금은 모자의 날개와 셔츠의 깃 부분을 질긴 생고무로 단단히 고정해 놓은 상태이다.) 나는 반바지 외에도 소매가 짧은 셔츠 세 점(코발트색, 노란색, 암홍색)과 양말 없이 신는 모카신 한 켤레, 풀장에서 뭇 시선을 끌어들일, 그래서 나를 주인공으로 만들어 줄 꽃무늬 수영복이 필요하다. 그 이유를 하느님만은 꼭 들어 주시길.

19:00 쇼핑을 마치고 집으로 돌아온 나는 텔레비전 앞에서 다시 고민하고 있다. 아무리 생각해도 이웃집 여자가 내 의도를 눈치채기 전에 서둘러야겠다. 나는 거울 앞에서 앞으로 벌어질 상황을 미리 상상해 본다.

20:30 나는 이웃집 여자의 아파트 문을 조심스럽게 노크한다. 이웃집 여자가 직접 문을 열어 준다. 나는 실례를 구하고, 저녁을 준비하는 데 쌀이 한 톨도 안 남아서 찾아왔다고 둘러댄다.(물론 거짓말이다.) 내일 이른 아침(새벽 5시)에 메르카바르나*가 문을 열면 곧바로 돌려줄 테니, 쌀 좀 빌려 주시겠어

---

* 바르셀로나 도매 시장.

요? 절대 약속을 어기지 않겠다고 덧붙인다. 그녀는 쌀을 빌려 주면서 내일 아침에, 아니, 영원히 돌려주지 않아도 된다고, 그래서 이웃사촌이 아니겠느냐고 반문한다. 나는 고맙다고 답례한다. 그녀가 문을 닫는다. 나는 집으로 돌아와서 빌려 온 쌀을 휴지통에 버린다. 이웃집 여자의 반응은 내가 기대했던 것 이상이다.

20:35 나는 다시 이웃집 여자의 아파트 문을 노크한다. 그녀가 직접 문을 열어 준다. 나는 기름 두 수저를 부탁한다.

20:39 다시 이웃집 여자의 아파트 문을 노크한다. 그녀가 직접 문을 열어 준다. 나는 마늘 한 쪽을 부탁한다.

20:42 다시 이웃집 여자의 아파트 문을 노크한다. 그녀가 직접 문을 열어 준다. 나는 껍질을 벗긴 씨 없는 토마토 네 개를 부탁한다.

20:44 다시 이웃집 여자의 아파트 문을 노크한다. 그녀가 직접 문을 열어 준다. 나는 소금과 후춧가루, 미나리 가루와 사프란을 부탁한다.

20:46 다시 이웃집 여자의 아파트 문을 노크한다. 그녀가 직접 문을 열어 준다. 나는 엉겅퀴(데친 것으로) 200그램과 완두콩과 강낭콩을 부탁한다.

20:47 다시 이웃집 여자의 아파트 문을 노크한다. 그녀가 직접 문을 열어 준다. 나는 왕새우 500그램, 아귀 100그램, 바지락 200그램을 부탁한다. 그녀가 나한테 2000페세타를 건네면서 레스토랑으로 가 보라고, 더 이상은 귀찮게 굴지 말아 달라고 말한다.

21:00 내가 주문한 추로가 무려 12킬로그램이나 배달되었지만 식욕이 없다. 풀이 죽은 탓이다. 나는 살 데 프루타 에노*를 복용한다. 파자마를 입는다. 양치질. 잠을 청하기 전에 통성기도를 한다. 구르브, 여전히 연락 없다.

---

* 속이 더부룩하거나 쓰릴 때 복용하는 위장약.

19일

07:00 구르브가 사라진 지(십진법 체계로) 벌써 일주일째다. 요 며칠 사이에 일어난 불행한 일들이 나를 지치게 만든다. 나는 우울한 기분을 달래고자 간밤에 입도 대지 않았던 추로를 죄다 먹어 치우고, 이도 닦지 않고서 집을 나선다.

08:00 나는 성당으로 간다. 구르브가 속히 돌아오도록 리타 성녀*한테 빌어 볼 참이다. 그런데 양초를 바치려고 제단 앞으로 나가다가 한쪽 발끝이 바닥에 치여 제단을 덮고 있는 천에 불이 붙는다. 불길은 어렵지 않게 잡지만, 성당의 회랑에서 키우는 거위 두 마리를 구워 버리는 불상사는 피하지 못한다. 불길한 징조다.

---

* 절망한 사람들의 수호성인으로 추앙받는 15세기 이탈리아 가톨릭 성녀.

08:40 나는 성당을 나오자마자 가까운 바르로 들어간다. 아침으로(아까 먹은 추로는 아침 식사가 아니라 간밤에 거른 식사다.) 참치 토르티야와 달걀 프라이 두 개를 얹은 모르시야, 육포와 조개를 먹고, 맥주(한 통)를 곁들인다. 평소 같으면 가벼운 식사로 기력이 회복되지만, 음식을 삼키다 보니, 오늘은 이 시간에도 병원에 있을 메르세데스 부인이 생각난다. 나는 그녀의 조속한 회복을 기원하기 위해(나를 해체하지 않고) 걸어서 몬세라트*로 가야겠다고 다짐한다.

09:00 나는 람블라스로 내려가는 도중에 구석구석 나 있는 샛길로 접어든다. 이 도시의 후미진 뒷골목을 돌아다니다 보면 사람들 얼굴색이 다양한데, 이는 바르셀로나가 항구 도시라는 것을 말해 준다. 이 도시에는 온 세계의 인종들이(물론 다른 행성에서 온 나도 포함된다.) 모여들거나 뿔뿔이 흩어진다. 발길을 옮기는데, 이 지역이 키워 낸, 이제는 역사의 침전물로 남아 있는 애송이들 중 한 녀석이 내 지갑을 슬쩍 빼 간다.

09:50 나는 이런저런 상념에 젖은 채 발길 닿는 대로 걷고 있다. 그러다가 쓸데없는 일에 신경 쓰지 않고 느긋하게 걷기 위해서 이 구역의 대부분을 차지하는 흑인종으로(그러나 외모와 체형은 루치아노 파바로티로) 변신한다. 모든 인종들 중에서 흑인은(말 그대로 피부가 검은 사람은) 백인보다 나은 특별한 재

---

* 에스파냐의 3대 순례지 중 하나.

능을, 즉 크고, 강하고, 빠른 재능을 타고났다. 물론 어리석기는 흑인이나 백인이나 마찬가지다. 백인들은 흑인들을 존중하지 않는데, 그것은 아마도 백인들의 집단적인 잠재의식 속의 먼 옛날, 그러니까 흑인이 지배층이고 백인이 피지배층이었던 시대의 아픈 기억 때문일 것이다. 그 시대에 검은 제국은 과일나무를 경작했고, 그들의 수확물은 전 세계로 수출되었다. 다른 인종들은 수렵 생활을 했고, 농경과 어로를 몰랐으며, 다이어트 수준이 초보 단계에 머물렀던 터라 콜레스테롤 수치를 줄이기 위해 과일이 필요했다. 검은 제국의 풍요로움과 권력은 오렌지와 배, 멜론과 살구를 재배하는 집약 농업이 이루어지는 한 계속되었을 텐데, 발타사르 2세에 이르면서 쇠퇴기로 접어든다. 발타사르 2세는 멜초르, 가스파르와 함께 베들레헴에 갔던 그의 증조부 발타사르*와는 달리 멘테카토**라는 별명이 말해 주듯 제국의 비옥한 땅에서 자라나는 모든 과일들을 절멸시키고, 그 대신에 오늘날 찾기 힘든 몰약을 생산하는 데 진력했던 것이다.

11:00 길을 가다 보니 여러 구역과 동시에 접해 있는 광장이 나온다. 광장 한복판에 털이 수북한 야수처럼 생긴, 잎이 성성하고 빳빳한 야자수 한 그루가 서 있고, 벤치에는 햇볕을 쪼이는 노인들이 자리를 차지하고 있다. 그들은 가족이 찾으

---

* 멜초르, 가스파르, 발타사르는 예수한테 금과 향과 몰약을 바친 세 명의 동방박사이고, 발타사르 2세는 작가가 지어낸 가상의 인물이다.
** 에스파냐어로 '어리석은 자'라는 뜻.

러 오기를 기다리고 있지만, 그들 대부분은 자기 가족이 노르
웨이 협곡으로 종단 여행을 떠났다는 사실조차 모르고 있다.
지난여름에 가족에게 버려진 노인들이 화석처럼 굳어 가듯,
보름 전에 버림받은 노인들도 머잖아 안락한 삶을 잃게 될 것
이다. 나는 어느 노인 옆에 앉아서 누군가가 버리고 간, 마드
리드에서 발행하는 어떤 일간지 문학 면을 들여다본다.

　12:00 한가했던 광장이 갑자기 어수선해진다. 학교를 빠
져나온 아이들이 굴렁쇠를 굴리거나 팽이를 돌리고, 그러다
가 함께 어울려 숨바꼭질 놀이를 한다. 우리 행성에는 지구
에서 말하는 아동기라는 시기가 존재하지 않는다. 우리는 태
어나면서 각자의 사고 기관에 필수적인(동시에 권위적인) 지
식과 지혜와 경험이 축적된 데이터를 주입받고, 필요하면 돈
을 지불하고서 백과사전이나 지도, 평생용 달력 외에도 시모
네 오르테가*의 요리에 관한 책이나 《미슐랭 가이드》(그린 가
이드와 레드 가이드 둘 다) 등을, 또한 예비시험을 치를 나이가
되면 도시 교통망과 조례 모음집이나 법정 판결문 선집을 충
전받는다. 그러나 우리한테는 아동기가, 말 그대로 어린 시절
이 없다. 우리 별에서 우리가 자신을 복잡하게 만들지 않고 타
인을 복잡하게 만들지 않는, 그야말로 자신에 어울리는(그리
고 적확한) 삶을 살아가는 반면, 지구인들은 곤충과 비슷한 세
가지 성장 단계 혹은 성장 과정, 즉 아동기, 청장년기, 노년기

---

* 에스파냐 출신의 요리 전문가이자 『1080가지 요리법』의 저자.

로 나뉘어 살아간다. 아동기에는 지시하는 것을 행하고, 청장
년기에는 지시하는 것을 행하되 그 대가로 보수를 받고, 노년
기에는 수당이 생기되 거의 일이 없다. 늙으면 근력이 딸리고,
그러다 보니 지팡이나 신문 외에는 손에 쥔 물건을 놓치기 일
쑤다. 반면에 이 도시의 아이들은 다르다. 한때는 광산에서 석
탄 캐는 일을 시키기도 했지만 사회가 발전하면서 오후 나절
에 텔레비전을 보거나, 폴짝폴짝 뛰어 놀거나, 소리를 지르면
서 저희들끼리도 알아듣지 못할 말로 대화를 나눈다. 한편, 지
구인들도 우리처럼 네 번째 단계가 있기는 한데, 이른바 주검
의 상태로 보수가 주어지지 않는 그 단계가 어떤 것인지에 대
해서는 차라리 생략하는 게 나을 성싶다.

14:00 아이들과 노인들을 생각하고 내 처지를 생각하니 서
글퍼진다. 눈물이 펑펑 쏟아진다. 물론 내가 흘리는 눈물은 가
짜다. 지금 나는 겉모습만 지구인일 뿐이다. 내 몸은 앞서 언
급했듯 비우거나 채워지는 지구인들과 달라서, 다시 말해 분비
선이 없는 탓에 통곡을 하거나, 땀을 흘리거나, 대변으로 비워
내는 만큼 줄어들기 때문에 가짜 눈물을 쏟아 낸 뒤의 내 키는
확 쪼그라져 불과 40센티미터밖에 안 된다. 나는 벤치에서 뛰
어내려 행인들의 가랑이 사이로 뛰기 시작한다. 지구인들의
눈에 띄지 않는 적당한 장소를 찾아서.

14:30 나는 마누엘 바스케스 몬탈반*으로 변신한 뒤, 점심
을 먹기 위해서 카사 레오폴도**로 향한다.

16:30 나는 집으로 돌아온다. 호아킨 씨한테 메르세데스 부인의 수술 결과를 묻기 위해 메르세데스 부인과 호아킨 씨의 바르에 전화를 건다. 호아킨 씨의 친구라는 아무개가 전화를 받더니, 호아킨 씨는 오늘 아침에 수술을 받은 메르세데스 부인과 함께 병원에 있다고, 자기는 호아킨 씨 대신에 바르를 맡고 있다(보수는 받지 않는다)고 대답한다. 나는 고맙다는 인사를 건넨 뒤에 수화기를 내려놓는다.

16:33 나는 다시 바르에 전화를 걸어서 호아킨 씨 대신 바르를 맡고 있는 호아킨 씨 친구인 아무개한테 메르세데스 부인의 수술이 잘됐느냐고 물어본다. 호아킨 씨 친구인 아무개가 수술은 잘됐다고, 수술 결과가 만족할 만하다고 대답한다. 나는 고맙다는 인사를 건넨 뒤에 수화기를 내려놓는다.

16:36 다시 바르에 전화를 걸어서 호아킨 씨 대신 바르를 맡고 있는 호아킨 씨 친구인 아무개한테 메르세데스 부인이 입원한 병원에 병문안을 갈 수 있느냐고 물어본다. 호아킨 씨 친구인 아무개가 갈 수 있다고, 10시부터 13시까지, 16시부터 20시까지 병문안이 가능하다고 일러 준다. 나는 고맙다는 인사를 건넨 뒤에 수화기를 내려놓는다.

---

* 바르셀로나 출신의 저명한 언론인이자 소설가.
** 바르셀로나 만국박람회 때 문을 연 레스토랑. 바스케스 몬탈반이 맛집 순례를 통해 소개한 곳이다.

16:39 다시 바르에 전화를 걸어서 호아킨 씨 대신 바르를 맡고 있는 호아킨 씨 친구인 아무개한테 메르세데스 부인이 입원한 병원이 어디 있느냐고 물어본다. 호아킨 씨 친구인 아무개가 오르타 구역에 위치한 산타 테클라 병원이라고 대답한다. 나는 고맙다는 인사를 건네고 난 뒤에 수화기를 내려놓는다.

16:42 다시 바르에 전화를 걸어서 호아킨 씨 대신 바르를 맡고 있는 호아킨 씨 친구인 아무개한테 오르타 구역에 위치한 산타 테클라 병원까지 자전거로 갈 수 있느냐고 물어본다. 호아킨 씨 친구인 아무개가 내가 고맙다는 인사를 할 여유조차 주지 않고 전화를 끊는다. 섭씨 26도. 상대습도 74퍼센트. 바람이 거의 없다. 해상의 물결이 잔잔하다.

17:00 나는 소파에서 잠시 시에스타를 청한다. 옷이 몸에 찰싹 달라붙을 정도로 더운 날씨이다. 소파 커버가 탄성 섬유 재질이라 더 덥다. 커버 속의 쿠션에 스프링과 다리까지, 아니, 집에 있는 모든 물건과 가구들이 똑같은 재질이다. 나는 그것들을 나무나 목화 같은 식물성 재질로, 아니면 가죽이나 털 같은 동물성 재질로 교체할까 하다가 금방 포기하고 만다. 재질을 떠올리는 것만으로도 속이 울렁거리고 구역질이 나는 까닭이다. 나는 이미 먹은 음식을 게워 내는 불상사를 피하기 위해 재빨리 신발 한 짝을 집어서 목을 틀어막는다. 돈까지 지불하고 먹은 음식 아닌가.

17:10 도저히 낮잠을 청할 수가 없다. 더워도 너무 덥다. 나는 마하트마 간디로 변신한다. 평온하고 시원하기가 이를 데 없다. 내친 김에 우산까지 펼치니, 아, 이런 날씨에 더없이 어울린다.

17:50 나는 꿈속에서 정신없이 허우적거린다. 몸부림을 치며 눈을 떠 보니 온몸이 땀에 흥건하게 젖어 있다. 문득 공허함이 밀려든다. 추로를 먹거나, 그것으로도 부족하면, 이웃집 여자를 만나서 빈속을 채워야 하나 보다.

18:00 나는 슬그머니 대문을 열어 본다. 대문 밖을 살핀다. 아무도 없다. 나는 계단참으로 나가 슬그머니 대문을 닫는다.

18:01 나는 슬그머니 계단을 오른다. 아무도 없다. 나는 슬그머니 이웃집 여자의 아파트 문 앞에 선다.

18:02 나는 슬그머니 이웃집 여자의 아파트 문에 귀를 갖다 댄다.

18:03 나는 슬그머니 이웃집 여자의 아파트 문에 달린 자물쇠를 살펴 본다. 경보 시스템이 설치된(정상적인 방법으로는 열 수 없는) 자물쇠다. 나는 안전장치를 해제한다. 슬그머니 문이 열린다. 아, 밀려드는 이 감격을 어찌하란 말인가!

18:04 나는 슬그머니 아파트 안으로 들어선다. 등 뒤로 문을 닫고 경보 시스템을 원상으로 돌려놓는다. 현관이 단출하다. 몹시 마음에 든다. 나는 손에 들고 있던 우산을 우산꽂이에 꽂는다.

18:05 나는 슬그머니 안쪽으로 들어간다. 거실인가 보다. 아니, 거실 역할을 하는 공간이다. 우리 집과 구조는 동일하지만 쓰임새는 완전히 다르다. 역시 모든 것은 개개인의 습관과 용도에 따라 변하는데, 그 차이가 무엇인지는 전혀 모르겠다. 아무튼 골치 아픈 일은 모른 척하는 게 상책이다.

18:07 나는 슬그머니 거실을 엿보기 시작한다. 실내에는 이국적인 가구들이 놓여 있다. 나는 소파에 앉아서 다리를 꼰다. 안락하면서 고상한 기분이 든다. 이번에는 가죽 소파에 앉아 다리를 꼰다. 역시 안락하고 고상한 기분이다. 이번에는 양털 소파에 앉아 다리를 꼬는데, 소파가 내 종아리를 덥석 문다. 이런! 내 실수다. 내 종아리를 덥석 문 것은 소파가 아니라 바닥에 웅크린 채 잠들어 있던 도사견이다.

18:09 녀석이 나를 물려고 달려든다. 나로서는 일단 잽싸게 도망치는 수밖에 없다.

18:14 일단 나는 천장으로 올라간다. 녀석이 바로 밑에서 나를 올려다보며 흡사 바나나처럼 생긴 이빨을 사납게 드러

내고 으르렁거린다. 녀석이 진짜 소파였다 해도 나는 무서워했을 것이다. 대체 이런 녀석을 어떻게 키울 수 있단 말인가!

19:15 벌써 한 시간이 흘렀는데 녀석은 지치지도 않고 지겹지도 않은 모양이다. 나는 하는 수 없이 최면을 시도한다. 하지만 녀석은 어찌된 일인지 꿈쩍도 하지 않는다. 뇌가 워낙 단순해서 경계 상태나 혼수상태나 별반 차이가 없는 탓이다. 나는 간신히 녀석의 눈을 사팔뜨기로 만들고 노기를 가라앉히지만 일시적인 방편에 지나지 않는다. 녀석은 언제 그랬느냐는 듯이 금방 자신의 본성을 되찾는다.

20:15 무려 두 시간이 흘렀는데도 고약한 녀석은 포기하지 않고 있다. 녀석은 지겹다 못해서 잠이 들겠지만, 나로서는 시간이 흘러갈수록 불안하다. 그사이에 이웃집 여자가 돌아와서 불쌍한 힌두교도 꼴로 천장에 붙어 있는 나를 보면 어떻게 생각하겠는가.

20:30 나는 곰곰이 생각하다 말고 개에 대한 생리학적인 분석에 들어간다. 예상대로 녀석의 뇌 구조는 단순하기 이를 데 없다. 어쩌면 바로 거기에 해결점이 있을 것이다.

20:32 역시 내 판단은 틀릴 리 없다. 나는 간단하게 녀석을 페키니즈 강아지 네 마리로 변신시킨다. 굳이 햄스터로 바꿀 필요도 없다. 내가 천장에서 내려와 가볍게 걷어차자 다들 꼬

리를 감추며 저만치 물러난다.

20:40 나는 이웃집 여자가 돌아오기 전에 집 안 전체를 돌아보기 시작한다. 그런데 문득 이상한 생각이 든다. 이웃집 여자의 아들은 왜 아직 집에 돌아오지 않는 것일까. 혹시 학교에서 벌을 받고 있는 것일까.

21:00 나는 이웃집 여자의 가구 조사를 끝마친다. 그녀의 신상 명세는 다음과 같다. 이름은 안토니오 페르난데스 칼보. 나이는 56세. 성별은 남성. 결혼 유무는 독신. 직업은 보험회사 사원…… 아차, 이게 아니다. 내가 집을 잘못 찾은 것이다.

21:05 나는 자물쇠를 슬그머니 원상으로 돌려놓은 다음, 슬그머니 집으로 돌아온다.

21:30 맥이 풀린다. 수위가 가져다 놓은 추로도 위안이 되지 않는다. 나는 상심한 기분을 풀기 위해 체스 게임을 해 본다. 딱 하나 생각나는 게임은 P4R*이다. 사실 나는 이러한 유형의 게임을 즐겨 본 적이 없다. 하지만 구르브는 다르다. 그는 속임수를 쓰는 체스 게임을 무척이나 좋아한다. 가끔 나는 언제 끝날 줄 모르는 게임에서 그의 상대가 되어 주는데, 그때

---

* P는 목자(pastor), R은 왕(rey)의 약자로, 왕과 함께 사냥을 나간 목자가 불과 네 수만에 체스 게임을 끝냄으로써 왕을 황당하게 만들었다는 이야기에서 유래한 마테 델 파스토르 전술(스칼러스 메이트 전술)을 패러디했다.

마다 그는 자신이 마테 델 파스토르라고 명명한 전술로 나를 궁지에 몰아넣는다. 나는 새삼 향수에 젖은 채 추로를 한 번에 다섯 개씩 꾸역꾸역 먹어 치운다.

22:00 나는 파자마를 입는다. 이제 파자마도 내 손으로 직접 세탁해야 할 판이다. 나는 잠자리에 들기 전에 3막 5장의 풍자 코미디 『달콤한 바보 여자』*를 읽는다. 반드시 해야 할 곳에 화장을 할 줄 아는 여자는 항상 성공한다는 내용인데, 내가 맥락을 제대로 이해했는지는 모르겠다. 오늘은 이런저런 생각으로 뒤숭숭하다. 기도를 하고, 잠을 청한다. 구르브, 여전히 연락 없다.

01:30 나는 무시무시한 굉음에 놀라 잠에 깬다. 수백만 년 전에(혹은 더 오래 전에) 지구에는 끔찍한 지각 변동이 있었는데, 사나운 대양은 해안을 휩쓸며 섬들을 집어삼키고, 거대한 산맥은 땅속으로 폭삭 가라앉고, 용암을 분출하던 화산은 폭발하면서 새로운 산을 형성하고, 엄청난 지진은 대륙을 이동시켰다. 이 도시의 시청은 시민들에게 이러한 자연현상들을 각인시키려고 밤이면 밤마다 청소차를 아파트에 보내서 엄청난 굉음을 유발시키나 보다. 나는 오줌을 누고, 물을 한 컵 마시고, 다시 잠자리에 든다.

---

* 작가가 지어낸 가상의 작품.

20일

07:00 화장실에서 체중을 잰다. 3킬로그램하고도 800그램이 넘는다. 순수한 지적 중량인 몸무게치고는 과도하다. 오늘부터 당장 아침 운동을 시작해야겠다.

07:30 오늘은 첫날이니 10킬로미터만 달릴 참이다. 내일은 11킬로미터, 모레는 12킬로미터, 날마다 그런 식으로 늘려 나갈 것이다.

07:32 나는 빵 가게 앞에서 걸음을 멈춘다. 빵 가게로 들어간다. 나는 코카 데 피뇨네스*를 먹으면서 집으로 향한다.

---

* 카스텔라 케이크 위에 잣을 얹은 간식.

07:35 아파트 현관에 들어서는데, 여자 수위가 빗자루로 바닥을 쓸고 있다. 나는 그녀와 대화를 나눈다. 대화라고 해 봐야 시시콜콜한 내용이지만, 그녀가 내 꿍꿍이속을 알 턱이 없다. 우리는 날씨에 대해 이야기한다. 오늘은 살짝 후텁지근한 날씨라고.

07:40 우리는 교통 체증에 대해 이야기한다. 오토바이가 몹시 시끄럽다고.

07:50 우리는 물가에 대해 이야기한다. 과거에 비해 턱없이 올랐다고.

08:10 우리는 젊은이에 대해 이야기한다. 요즘 젊은이들은 일에 대한 열정이 결핍되었다고.

08:25 우리는 마약에 대해 이야기한다. 마약을 파는 자나 마약을 사는 자는 사형을 시켜야 한다고.

08:50 우리는 가구가 없는 집에 대해 이야기한다.(그래, 이거야. 죽 이런 식으로 가는 거야!)

09:00 우리는 라이프니츠에 대해, 새로운 자연계와 존재의 소통에 대해 이야기한다.(에이, 이건 아니잖아!)

09:30 우리는 이웃집 여자에 대해 이야기한다.(옳거니, 바로 이거야!) 그녀(이웃집 여자)는 좋은 사람으로 분기별 고지서를 꼬박꼬박 납부하지만, 그녀(이웃집 여자)가 꾸준히 참석해야 할 입주자 회의에는 불참한단다. 그녀(이웃집 여자)가 결혼을 했느냐고 내가 묻자, 그녀(여자 수위)는 안 했다고 대답한다. 내가 생각 끝에 그녀(이웃집 여자)가 주워 온 아이를 키우는 것이냐고 캐묻자, 그녀(여자 수위)는 아니라고, 아무 짝에도 쓸모없는 아무개와의 사이에서 태어난 자식이란다. 그녀(여자 수위)에 의하면, 그녀(이웃집 여자)는 아무개와 두 해 전에 이혼했는데, 주말에는 그(아무개)가 어린 자식(이웃집 여자와 아무개 사이에서 태어난 아이)을 책임진단다. 법정은 그(아무개)로 하여금 그녀(이웃집 여자)한테 매달 돈을 보내도록 판결했는데, 그녀(여자 수위)가 알기로, 그(아무개)는 자기 책임을 제대로 지지 않는 것 같단다. 이어 그녀(여자 수위)는 그녀(이웃집 여자)한테 애인은 고사하고 자주 들르는 친구조차 없다면서 그녀(이웃집 여자)가 자중하고 있는 게 틀림없다고 확신한다. 그리고 그녀(이웃집 여자)가 그녀(여자 수위)한테 조심성 없이 대한다고, 그러나 그녀(여자 수위)의 입장으로는 그녀(이웃집 여자)가 뜬소문 날 일만 만들지 않으면 어떻게 대하든 상관없다고, 그녀의 집에서(이웃 여자의 집에서) 무슨 일이 나더라도 소리만 나지 않으면 된다고 한다. 그러더니 11시가 되기 전에 그녀(여자 수위)는 잠을 자러 갈 생각이란다. 나는 그녀의 빗자루를 빼앗아 그녀의 머리를 사정없이 내리친다.

10:30 나는 집으로 올라간다. 나는 달랑베르*로 변신한 다음, 수술을 받고 회복 중인 메르세데스 부인한테 병문안을 가기로 마음먹는다.

10:50 병원이란 곳이 지저분한 데다 전혀 안락해 보이지 않는다. 그럼에도 많은 환자들이 찾고, 어떤 이들은 진료 시간을 맞추느라 다급하게 들어서고 있다.

10:52 병원 로비 접수처에서 메르세데스 부인과 그녀의 보호자인 호아킨 씨가 있는 병실 호수를 묻는다. 602호란다.

10:55 나는 602호실로 올라간다.

10:59 내가 602호실 문을 노크하자, 호아킨 씨가 안으로 들어오란다.

11:00 침대에 누워 있는 메르세데스 부인의 화색이 밝다. 건강 상태를 물었더니, 기력은 없지만 많이 회복되었고, 아침에는 만사니아** 차도 마셨단다. 나는 미리 준비한 장난감 전기 기차를 건네주면서, 내일도 살아 있으면, 철도 분기선과 건널목까지 가져다주겠다고 약속한다.

---

* 프랑스의 수학자이자 철학자.
** 국화과에 속하는 식물로, 약용으로 쓰인다.

11:07 호아킨 씨가 축 늘어진다. 간밤에 잠을 설친 탓이다. 그는 자신이나 자신의 아내인 메르세데스 부인이나 모든 일을 느긋하게 받아들일 나이가 되었다고 단언한다. 메르세데스 부인의 발작이 일종의 예고였던 셈이다. 그는 간밤에 많은 생각을 했다면서, 그들에게 남은 시간은 휴식을 취하고, 여행을 하고, 하고 싶은 일을 하는 것이란다. 또한 이제는 바르를 넘길 때가 되었다고, 사업은 번창하고 있지만 골치가 아프다고, 사업장(바르)에는 전면에 나설 젊은 사람이 필요하다고 강조한다. 이어 그는 내가 바르에 흥미를 갖고 있을지도 모른다는 생각이 들었단다. 호아킨 씨는 내가 호텔 사업에 재능이 있고, 그 사업이 내가 좋아하는 일이라고 판단했다는 것이다.

11:10 메르세데스 부인이 남편 생각이 맞는다고 거든다. 그들 부부는 당사자인 내 의견을 듣고 싶단다.

11:12 나 역시 그들 부부의 의견에 호의적이다. 나는 바르를 운영할 능력과 참신한 아이디어에다 열정이 넘친다고, 예를 들어, 바르에 인접한 공간(폭스바겐 자동차 공장의 부지)을 매입해서 거대한 추로 가게를 차리는 게 어떻겠느냐고 맞장구를 친다. 그러자 호아킨 씨는 너무 앞질러 가지 말라고 제지하면서 시간을 두고 차분히 고려할 문제라고 충고한 다음, 수술이란 게 몽둥이찜질을 당한 것이나 다름없으니 자기 아내가 휴식을 취해야 한단다. 나는 사업에 대해서 추후에 논의하자는 약속도 못 하고 병실을 나선다.

11:30 병실을 나선 나는 줄곧 깊은 생각에 잠겨 있다. 호아킨 씨의 제안이 나를 소용돌이치는 혼돈의 바다에 빠트린 것이다. 나는 흥분을 가라앉히면서 나 자신을 냉정하게 직시한다. 내가 치기를 부린 것은 사실이다. 나는 바르 같은 문제로 고민할 입장이 아니다. 탐사 작업(그것도 이문을 구하는 탐사 작업)을 목적으로 바르를 구입하거나 운영할 가능성은 없다. 우주여행을 떠나기 전에 주어지는 지시 사항에 들어 있지도 않았고, 따라서 나중에 그 문제를 제기할 수도 없다. 아니다. 그렇다고 지시 사항에 금지 조항이 따로 명기된 것도 아니다. 아무래도 이 사안에 대해서는 자문을 구해야겠다. 섭씨 26도. 상대습도 70퍼센트. 가벼운 남동풍. 해상에 파도가 높다.

12:30 나는 아직도 병원을 헤매고 있다. 출구 대신 저만치 카페가 보인다. 조금 이른 시간이지만 요기부터 해야겠다. 위가 달린 사람들은 이런 말을 하지 않는가. 일단 속이 든든해야 보다 나은 생각을 한다고.

12:31 텅 빈 카페에 계산대 주변으로 다양한 물품이 가지런히 정리되어 있다. 손님 구미대로 챙겨서 먹으라는 셀프서비스인가 보다. 나한테는 더없이 좋은 시스템이다. 설령 내가 밀크 커피에다 파드론산 고춧가루를 타 먹는다고 해서 나한테 눈치를 주거나 간섭할 사람은 없다. 흐흐, 전봇대로 이를 쑤신들 누가 뭐라고 할 것인가.

13:00 지구에 정착하면 어떨까. 음식을 먹으면 먹을수록, 생각을 하면 할수록, 골치가 아프면 아프도록 지구에 남고 싶어진다. 지구에 남는다는 것은 구르브(어디론가 종적을 감춰 버리고 연락조차 없다.)와 나한테 주어진 임무를 포기하는 것이다. 그것은 엄연히 배신이다. 그런데도 지구에 남는다면? 그것은 고민할 것도 못 된다. 모든 것은 원칙의 문제이니까. 어디를 가더라도 그들이 정해 놓은 원칙을 따르고, 원칙을 지키면서 살면 되니까. 오히려 내가 고민할 것은 생리학적인 문제이다. 나는 지구에서, 이렇게 구질구질한 곳에서 과연 내가 얼마나 더 견딜 수 있을지 전혀 모른다. 대체 나한테 어떤 위험(들)이 들이닥칠지, 반대로 내가 지구인들에게 어떤 위험(들)을 가져다줄지 그것조차 모르고 있다. 실제로 내 몸의 특수성으로 인해, 시도 때도 없는 에너지 충전으로 인해 나는 가는 곳마다 문제를 일으킨다. 아파트 엘리베이터가 뜬금없이 멈춰 서거나 고장이 나는 일은, TV 프로그램이 내가 보고 싶을 때(혹은 녹음하고 싶을 때)에 맞추어서 나오기 시작하는 일은 어쩌다 발생하는 일회성 현상이 아니다. 방금 전만 해도 내가 병실 복도를 지나갈 때, 어떤 의사가 이맛살을 찌푸리면서 간호사한테 그러지 않았는가. 오늘 아침에 의료 기기가 하나같이 미쳐 버린 것 같았다고. 그 바람에 중환자실의 환자들이 벌떡 일어나 람바다 춤을 추고, 스캐너 모니터에 루이스 마리아노*가 나와 「마이 테추 미아」를 불렀다는 것이다. 그러면서 이맛살을 찌푸

---

* 에스파냐의 대중 가수. 오페레타와 영화에서 활약했다.

리는 의사는 도저히 설명하기 힘든 일이 10시 50분부터 시작되었는데, 바로 그 시각에 어떤 화성인이 병원에 들어오지 않았으면 그런 사단이 일어나지 않았다고 덧붙인다. 나는 누가나를 그런 허접한 부류와, 그러니까 골프밖에 모르면서 세상을 다 아는 것처럼 거들먹거리거나, 서비스가 엉망이라고 욕질을 해 대는 자들과 비교하면 몹시 화가 난다. 하지만 나는불끈 일어나던 노기를 가라앉힌다.

나는 내가 원하면 지구인의 인체를 구성하는 분자구조에맞추어 내 몸을 얼마든지 변형할 수 있다. 그러나 일단 어떤모델을 선택했을 경우에는 극도로 신경을 써야 한다. 도중에변경하거나 취소할 수 없기 때문이다. 아, 얼마나 끔찍한 일인가. 작정을 하고서 변신까지 했는데, 내가 원했던 행복을 찾지못하면 어떻게 될 것인가. 이웃집 여자와의 일이 새벽의 묵주기도처럼 끝나면,* 그때 가서 나는 어떻게 할 것인가. 게다가나는 내가 살던 별에 대한 향수를 극복할 수 있을까. 지금 누리고 있는 이 도시의 경제적 특수가 1992년 이후에는 어떻게될까. 확실한 것은 하나도 없다. 모든 게 불확실하다. 미지수.아, 누가 내가 우려하는 바를 풀어 준단 말인가.

13:30 이제 그만 일어나야겠다. 그런데 음식값을 지불할 데가 없다. 그때서야 나는 그곳이 셀프서비스 카페가 아니라는

---

* 어떤 일이 기대와 다르게, 특히 좋지 않게 진행될 전조를 나타내는 관용적인 표현.

사실에 놀란다. 실제로 그곳은 카페도 아니고, 셀프서비스도 아니다. 나는 그곳을 살짝 빠져나온다.

14:15 나는 카탈루냐 광장의 벤치에 앉아서 다시 생각에 잠긴다. 그렇다. 내가 해야 할 일이 있다면, 그것은 임무를 수행하고 우리 별로 귀환하는 것이다. 내가 부여받은 임무들이 제대로 수행되었는지는 모르지만, 결과가 엉망이었더라도 문제될 게 없다. 어차피 내가 제출한 정보를 아무도 읽지 않을 테니까. 따라서 지금 나한테 남은 문제는 딱 하나, 나 혼자는 돌아갈 수 없다는 것이다. 우주 비행선은 고장이 나 있고, 나는 기계 분야에 문외한이다. 설사 비행체가 저절로 고쳐진다고 한들, 나는 시동도 걸 줄 모르고 운행도 할 줄 모른다. 더욱이 범죄자나 범죄자 같은 부류에 의해 불법 택시처럼 악용되는 것을 미연에 방지하고자 이 비행체는 반드시 '2인 1조'로 운행되어야 한다. 물론 안타레스 성좌에 있는 AF기지에 도움을 청할 수도 있지만, 현실적으로 도움은 안 된다. 다른 비행선을 보내더라도 그것 역시 2인용이라서 나를 데리고 가면 누군가가 한 명은 여기 남아야 하기 때문이다.

15:00 나는 더 이상의 생각을 중단한다. 아니, 중단할 수밖에 없다. 카탈루냐 광장에 서식하는 비둘기 떼가 똥을 싸 대는 통에, 게다가 나를 국가 지정 기념물로 여긴 일본인들이 사진기를 들이대고 셔터를 누르는 통에 더 이상은 머무를 수 없다.

15:45 나는 아파트로 돌아온다. 후텁지근하다. 특히 이 시간에는 푹푹 찐다. 그런데도 내가 에어컨을 설치하지 않는 이유는 에어컨이 가동되면 그 진동에 관절이 몽땅 으스러지기 때문이다. 한동안 잠잠하다가도 느닷없이 혼을 빼놓으며 부르르 떨어 대는 냉장고도 마찬가지다. 어제는 무심코 미니피메르* 버튼을 눌렀다가, 그 충격으로 대퇴골이 세 조각으로 부러지는 불상사를 겪었다. 선풍기도 마찬가지다. 내 몸뚱이야 얼마든지 접합할 수 있지만, 문제는 고속으로 회전하는 선풍기 날개다. 눈알이 핑핑 돌고 헛구역질이 나오니 버틸 재간이 없다. 내가 편리한 가전제품을 무시하고, 기온이 오를 때마다 셔츠와 양말만 남긴 채 옷을 홀라당 벗어부치는 까닭이 거기 있다.

17:00 전 우주에서 지구인의 인체보다 위대한 졸작도 없고, 못난 대작도 없다. 이러한 단언은 두개골 옆에 달린 귀만 봐도 충분하다. 발은 왜 그렇게 우스꽝스럽고, 내장은 왜 그렇게 징그렇게 생겼을까. 하나같이 웃고 있는 해골은 아예 할 말을 잃게 만든다. 어떤 의미에서 지구인들은 죄인의 신세나 다를 바 없다. 진화라는 측면에서 볼 때 재수가 없었던 것이다.

18:00 나는 잠깐 바람도 쐴 겸 밖으로 나간다. 거리는 평소보다 흥청대는 분위기다. 더위가 시작되면서 많은 시민들이

---

* 브라운사에서 생산하는 핸드 믹서.

바르 안이 아니라 쓰레기통 사이에 설치된 테라스에서 먹고 마신다. 하나같이 지독하게 떠들어 대고, 지독하게 뿜어 대고, 지독하게 더럽힌 뒤에 집으로 돌아간다. 그건 그렇고 그들의 모습에 고무된 나는 아이스콘을 하나 샀는데, 처음 보는 것이라 과자부터 먹지만, 다음에는 어떻게 처치해야 할지 모르겠다. 나는 골치를 앓느니 얼음덩이가 담긴 종이 껍데기를 휴지통에 던져 버린다.

18:40 집으로 돌아오는데, 저만치 이웃집 여자가 눈에 들어온다. 신이 내린 절호의 기회다. 나는 몰골이 엉망이라 일단은 피하지만, 오늘은 우리의 일을 분명히 해 두겠노라고 다짐한다. 나는 문방구에서 필기구를, 에스탕코에서 우표를 산다. 섭씨 28도. 상대습도 79퍼센트. 바람도 잠잠하고, 해상의 물결도 잔잔하다.

19:00 나는 집에 돌아오자마자 이를 닦고, 필기구 일체를 테이블 위에 차려 놓는다. 편지지, 괘지, 잉크, 펜, 펜대, 흡습지, 볼펜(볼펜심 교체용), 마리아 몰리네르*의 사전, 서간(사교용과 업무용) 교본, 격언집, 사인스 데 로블레스**의 에스파냐 시 선집, 일간지《엘 파이스》에서 발간한 문체에 관한 책······.

---

* 에스파냐 문헌 관리자이자 대표적인 에스파냐어 사전 편찬자.
** 에스파냐 작가이자 역사가. 문학 분야에서 전방위적인 활동을 벌였다.

19:45 흠모하는 이웃에게

나는 젊습니다. 호감을 주는 용모에다, 성격은 낭만적이고 자상합니다. 나는 경제적으로 풍족하고, 진지한 일에는 무척 진지합니다.(그러나 즐길 줄 압니다.) 나는 지하철을 타고 다니는 것을 좋아합니다. 구두 닦는 것을, 진열장을 구경하는 것도, 침을 멀리 내뱉는 것도, 여자도(그리고 추로도) 좋아합니다. 나는 외설적인 것을 싫어하고, 이를 닦는 것과 엽서 쓰는 것과 라디오 듣는 것을 싫어합니다. 나는(결혼하면) 좋은 남편과 좋은(아이들에게 관대한) 아버지가 될 거라고 생각합니다. 혹시 이런 나를 더 알고 싶지 않습니까? 9시 30분에 기다리겠습니다. 음식과 음료를 준비하겠습니다.(물론 공짜입니다.) 함께 이런저런 이야기를 나누고 싶군요. 다른 이야기들도. 흐흐……. R. S. V. P.* 그대로 인해 뼈와 살이 타들어 가고 있답니다.

19:55 나는 방금 쓴 편지를 읽어 보고는 북북 찢어 버린다.

20:55 사랑하는 이웃에게

같은 아파트에 살면서 서로 알고 지내는 게 낫다고 생각했습니다. 오늘 저녁 9시 30분에 방문해 주십시오. 먹을거리는 내가 준비하겠습니다. 우리 아파트와 관련된 이야기를(다른 이야기가 아닌 이 이야기만) 함께 나눌까 합니다. 부디 찾아 주

---

* '답신 요망.'

시길. 그대의 이웃이.

21:05 나는 다시 쓴 편지를 다시 읽어 본다. 다시 쓴 편지를 다시 찢어 버린다.

21:20 존경하는 이웃에게

우리 집 냉장고에는 구미 당기는 먹을거리가 잔뜩 들어 있습니다. 어떻습니까, 나와 함께 식사하지 않겠습니까? 함께 식사를 하면서 우리 아파트에 대해서, 특히 아파트 보수 문제(엘리베이터 모터 교체와 건물 정면 벽 수리 등등)에 대한 이야기를 나눌까 합니다. 오늘 밤 10시에 기다리겠습니다. 꼭 와 주실 것으로 믿습니다. 어떤 이웃이.

21:30 나는 다시 쓴 편지를 다시 읽어 본다. 다시 쓴 편지를 다시 찢어 버린다.

22:00 온 집에 금이 가는 바람에…….

22:20 구더기가 생긴 음식이 있어서…….

23:00 나는 거리 모퉁이에 위치한 중국 음식점에서 혼자 저녁을 먹는다. 손님이 나 혼자라 주인이 옆자리에 앉더니 말을 건넨다. 주인 이름(어느 양식 없는 선교사가 지어 준 이름)이 필라린 카오이다. 중국 강서성 출신으로, 어렸을 때 샌프란시스

코로 떠났지만 배를 잘못 타는 바람에 바르셀로나에 도착했단다. 라틴어 알파벳 발음을 제대로 익히지 않아 발음이 엉망인데, 그렇다고 내가 어떻게 해 줄 수도 없는 노릇이다. 유부남으로, 필라린(장남), 치앙, 웡, 세르히, 이렇게 자식을 넷이나 두고 있다. 해가 뜰 때부터 해가 질 때까지, 월요일부터 토요일까지 일한다. 일요일은 쉬는데, 그때마다 가족을 데리고 금문교를 (헛되이)찾아 나선다. 그는 꿈이 중국으로 돌아가는 것이며, 그래서 열심히 일해 돈을 모은단다. 나한테 무슨 일을 하느냐고 묻기에, 내가 괜한 일에 엮이고 싶지 않아서 볼레로 가수라고 대답하자, 그는 자신의 고향을 떠올리게 해 주는 볼레로 음악이 굉장히 좋단다. 그가 중국술을 한 잔 따라 준다. 고객들이 남긴 것을 증류해서 직접 만든 술인데, 노란 액체가 딱히 규정할 수 없는 독특한 향을 머금고 있다.

00:00 우리는 둘이 함께 「많이 키스해 주세요」를 부른다.

00:05 우리는 둘이 함께 「너와 함께 있을 때」를 부른다.

00:10 우리는 둘이 함께 「너는 나한테 길들여져 있다」를 부른다.

00:15 우리는 둘이 함께 「간밤에 달님에게 말했다」를 부르면서 둘이 함께 금문교를 찾아 나선다. 나는 기운을 북돋우기 위해 술병을 챙겨 든다.

00:30 우리는 둘이 함께 발메스 거리를 내려간다. 둘이 함께 「다시 마주 보면서」를 부르며 지나가는 사람들한테 현수교를 보았느냐고 묻는다. 지나가는 사람들이 대답 대신에 우리를 보고 웃는다.

00:50 우리는 둘이 함께 아틀란티코 은행 문 앞에 앉아 「거짓말을 조심해」를 부르면서 둘이 함께 목 놓아 운다.

01:20 우리는 둘이 함께 성당 계단에 앉아 「상처 받은 내 마음을 위로하도록 해 줘」를 부르면서 둘이 함께 목 놓아 운다.

01:40 우리는 둘이 함께 산 펠리페 네리 광장 바닥에 드러누운 채 「너의 사랑이 나를 더 아프게 만든 거야」를 부르면서 둘이 함께 목 놓아 운다.

02:00 우리는 둘이 함께 목청껏 노래를 부르면서 사그라다 파밀리아*를 빙빙 돌기 시작한다. 샌프란시스코의 금문교는 없지만, 우리가 성당을 세 번째 돌고 있을 때, 조그만 창문으로 수비라크스**가 나타난다. 우리는 둘이 함께 「너를 생각하기 위해 불을 끄겠다」를 부른다.

---

* 건축가 가우디의 설계에 따라 바르셀로나 외곽에 건축 중인 성 가족 성당.
** 에스파냐 건축가. 성 가족 성당에 기거하면서 가우디가 남긴 성당의 조각 공사를 진행하고 있다.

02:20 우리는 둘이 함께 택시를 탄다. 우리는 기사한테 우리 둘을 중국으로 데려가 달라고 말한다. 택시 안에서 둘이 함께 「너를 잊었다는 것을 잊어버렸다」를 부른다.

02:30 택시 운전사가 우리를 경찰서 정문 앞에다 내려 주더니 택시비를 달란다. 우리는 택시비를 계산한다. 당연히 팁은 없다.

02:55 우리는 경찰서에서 경고를 받는다. 나는 집으로 돌아온다. 4층까지 네 발로 기어오른다. 계단을 기어오르면서 하느님에게 빌어 본다. 이웃집 여자가 내 못난 꼬락서니를 부디 못 보게 해 달라고.

03:10 정신이 하나도 없다. 나는 기도문을 흥얼거리며 침대에 든다. 구르브, 아직 연락 없다.

21일

09:20 나는 이상한 기분에 사로잡힌 채 눈을 뜬다. 눈을 뜨자마자 간밤의 일을 곰곰이 떠올려 본다. 골이 띵하고 속이 메스꺼운 이유는 알겠는데 찜찜한 기분은 가시지 않는다. 아무리 생각해도 내가 왜 침대를 발코니로 꺼냈는지는 모르겠다. 내가 왜 호사스러운 날염 모포를 덮고 있는지도 모르겠다. 나는 시트 위에서 울어 대는 비둘기들을 내쫓으며 간신히 몸을 일으킨다.

09:30 약상자에 살 데 프루타 대신 페퍼민트가 담긴 병 하나뿐이다. 이러다가 취기가 다시 도지는 것은 아닐까. 지금 나한테는 술주정을 부릴 만한 기운조차 없다.

09:40 누가 문을 두드린다. 어떤 젊은이가 상자를 건네 준

다. 상자 속에 토니 미로*의 리넨 슈트가 들어 있다. 한 벌도 아니고 열두 벌이다. 배달원의 말에 따르면, 어제 내가 구입했단다. 대체 무슨 영문인지 모르지만, 그렇다고 따질 만한 기분도 아니다. 나는 돈을 지불한다.

09:50 누가 문을 두드린다. 어떤 젊은이가 상자를 건네 준다. 상자 속에 벨기에산 캐비어 5킬로그램과 크루그 샴페인 열두 병이 들어 있다. 배달원의 말에 따르면, 어제 내가 세몬** 에서 구입했단다. 그러나 기억조차 없다. 나는 돈을 지불한다.

10:00 누가 문을 두드린다. 내가 어제 신청한 기포 욕조를 설치하러 왔단다. 그들이 용접기로 격벽을 떼어 내며 공사를 시작한다.

10:05 나는 시끄러운 공사를 피해서 집을 나선다. 여전히 취기로 알딸딸하다. 계단을 내려서는데 다리가 풀린다. 뜻하지 않는 사고를 방지하고자 난간에 몸을 맡긴다. 그러다가 이웃집 여자의 문 앞에서 가속을 붙인다. 난간을 타고 고난도 자세로 내려가는 나를 보면 얼마나 놀라겠는가.

10:12 아파트 정문에서 여자 수위가 나를 보자마자 이맛살

---

* 바르셀로나 출신의 패션 디자이너.
** 바르셀로나의 유명 레스토랑.

을 찌푸린다. 내가 모른 체하자 앞을 가로막는다. 앞으로 이런 짓은 하지 말란다. 그녀 역시 자유로운 것을 좋아하지만, 대부분의 입주자들이 용납하지 않을 거라고, 두고 보면 알겠지만 이런 일은 금방 소문이 날 거란다. 이어 그녀는 몸을 해치고, 재산을 말아먹고, 명예를 더럽히는 것은 나의 일이지만, 이웃들을 물들이게 되는 것은 다른 일이라고, 그러니 그런 짓은 절대 안 된다고 충고한다. 그러더니 빗자루(새 빗자루)로 내 머리를 내리친다. 그 충격에 내 머리가 깨진다.

10:23 나는 버스를 탄다. 운전기사가 내 몰골을 보더니 버스에서 즉각 내리란다. 자신이 운전대를 잡는 한 나같이 생겨먹은 승객을 태울 일은 절대 없단다.

11:36 나는 한참을 걷고 나서야 메르세데스 부인이 입원한 병원에 도착한다. 병동에 들어가기 전에 남자 간호사들이 나한테 호스를 들이대며 내 머리끝부터 발끝까지 소독을 한다. 대체 무슨 일인지 영문을 모르겠다.

11:40 나는 602호실로 들어간다. 메르세데스 부인의 얼굴이 어제보다 한결 낫다. 호아킨 씨 역시 화색이 돌아와 있지만, 나를 보자마자 이맛살을 찌푸리며 무슨 일이든지 자기한테 얘기하란다. 그들 부부는 나를 진짜 아낀다고, 내가 가끔 미친 짓을 저지르지만 알고 보면 좋은 사람이라면서 이 세상에 비난받을 짓을 안 할 사람이 어디 있느냐고 반문한다. 나는 어떻

게 대답해야 할지 고민하다가 미리 준비한 선물(올리버 하디*
의 장례용 마스크)을 건네고 도망치듯 문 쪽으로 향한다. 메르
세데스 부인이 나를 부른다. 나는 문으로 향하다 말고 돌아선
다. 내가 침대 앞에서 무릎을 꿇자, 그녀가 굵은 눈물을 뚝뚝
흘리며 내 이마에 키스를 해 준다. 마치 「과학과 자비 II」**에
나오는 장면처럼.

11:59 나는 다시 거리로 나선다. 아이들이 동물원에서 주워
온 하마 똥을 나한테 던져 댄다. 아직 나는 식전이다.

12:30 내가 양손을 호들갑스럽게 흔들어 대도 택시가 서 주
지 않는다. 나는 하는 수 없이 터벅터벅 걸어서 집으로 돌아온
다. 내가 비난받을 짓을 한 모양인데, 그렇다고 왜 이렇게까지
무참하게 당해야 하는지 모르겠다. 추로 가게 주인도 나를 외
면하고, 프레나페타도 내 인사를 거부한다.

12:35 나는 집으로 들어선다. 실내에는 기포 욕조는 물론이
고 사우나, 무도장, 수온 조절이 가능한 수영장, 미국풍의 미
니바, 헬스 도구, 포커 게임 방, 흡연실이 설치되어 있다. 아,
60제곱미터 공간에 이렇게 모든 것을 갖출 수 있다니!

---

* 할리우드 희극 배우. 스텐 로렐과 함께 '홀쭉이와 뚱뚱이'로 활약했다.
** 피카소의 그림.

12:45 나는 수영장 도약판 위에 앉아 다시 생각에 잠긴다. 내가 어쩌다 이 모양이 되었을까. 아무리 생각해도 이 특별한 도시의 모든 거주자들이 나를 상대로 어떤 음모를 꾸미고 있거나, 그게 아니면 내가 내 자신도 모르게 비난받을 짓을 벌였나 보다. 그러나 전자는 상상조차 힘든 일이고, 따라서 가능성은 후자로 기운다. 만일 후자의 경우라면, 항상 똑바로 살아왔던 나로서는 지구상에, 적어도 바르셀로나에 나를 노리는 미아스마*가 존재하는지를 조사해야 한다. 이러다가 우에스카**로 가야 할지도, 거기서 내가 어떻게 처신하는지를 지켜봐야 할지도 모른다. 거기라고 해서 불길한 독기에 휩싸일 가능성을 배제할 순 없지만.

13:30 어떤 소리가 나를 깊은 상념에서 벗어나게 만든다. 누군가가 문 아래로 봉투를 하나 밀어 넣는다. 발신자 이름이 없다. 봉투 안에 인쇄지 한 장이 들어 있다.

이봐요, 아저씨.
최고로 멋진 곳에 들르지 않겠어요?
자신 있거든, 언제든지 찾아 주세요.
최대의 안락함과 철저한 신분 보장.
최상의 시설 보장.

---

* 대기 중에 존재하면서 전염병을 일으키는 것으로 알려진 일종의 독기.
** 에스파냐 아라곤 지방에 위치한 관광 명소이자, 피레네 산맥의 관문으로 불리는 도시.

비디오 판매 및 대여.

페드랄베스 국도. 남/북(5분 거리).

13:45 나는 그 내용을 보고 또 본다. 누가 보낸 것인지는 모르지만, 거기서 어떤 미스터리를 풀 수 있는 코드를 발견할지도. 가야 할 것인가. 역시 모르겠다.

14:05 가야 한다. 나는 전의를 다지면서 모든 우주 전사들이 전투 직전에 행하는 정신 수양과 신체 수련에 들어간다. 먼저 나는 호랑이 자세를 취한다. 등을 활처럼 휘고, 양 다리를 쫙 벌리고, 가슴을 활짝 펴고, 양팔을 뒤로 꺾는다. 온몸의 근육이 무쇠처럼 단단해질 때까지!

14:06 정신 집중.

14:24 나는 슬로안*을 충분히 바른 다음, 모든 우주 전사들이 전투 직전에 행하는 정신 수양과 신체 수련을 계속한다. 다시 결의를 다진다.

15:50 참아야 한다. 나는 통증을 참으면서 통나무 같은 자세로 잠들어 있다. 이윽고 모든 우주 전사들이 전투 직전에 행하는 정신 수양과 신체 수련을 마친다. 나는 거울 속에 비치는

———————————

* 에스파냐에서 만병통치약처럼 널리 애용되었던 통증 완화제.

내 모습을 흐뭇하게 바라보면서 어제 먹다 남은 추로를 먹어 치운다.

16:30 나는 내 발길(과 부서지지 않는 내 의지)을 따라 출정하기 전에 닌자 복장을 한 질베르 베코*로 변신한 다음, 경악과 경탄이 교차하는 눈길을 온몸으로 받으며 거리로 나선다.

17:00 나는 아널드 슈워제네거가 등장하는 최신작을 보기 위해 멀티플렉스 극장을 찾는다. 이 또한 사전 실습 교육의 일환이다. 나는 그 영화를 카탈루냐 지방정부의 투자를 받아, 산트 요렌스 데 모루니스**에서 찍었다는 사실에 경악한다.(호의적인 뜻이다.) 내가 찾던 영화관을 착각했을 가능성을 배제할 수 없다.

19:00 나는 멀티플렉스 극장을 나오자마자 자동차 판매 대리점으로 향한다. 내가 찾는 자동차 모델, 즉 (자동차를 쫓아오는)추적자들이 (자동차에)접근하지 못하도록 자동차 후미에 구슬핀을 뿌릴 수 있는 장치를 갖춘 백색의 애스턴 마틴***을 사고 싶다고 말한다. 그러자 판매인은 내가 찾고 있는 모델은 아직 도착하지 않았다면서 세아트 850 승합차****를 소개하더니,

---

* 프랑스 샹송 가수이자 작곡가.
** 카탈루냐 지방에 속한 마을로, 피레네 산맥 근처에 위치한다.
*** 영화 「007 시리즈」에 등장하는 영국제 자동차.
**** 세아트는 원래 승용차로, 세아트 850 승합차는 작가가 지어낸 자동차

이 모델 역시 소음기를 통해서 나사못을 배출한다며 똑같은 가격을 제시한다. 나는 세아트 850을 구입한다.

20:04 투세트 거리에는 가톨릭 성체 운구 행렬이 이어지고 있다. 나는 그들과 함께 「판제 링구아」*를 읊조리면서 세 구역을 뒤따른다.

21:00 출정 준비 완료. 나는 핸들을 잡는다. 안전벨트를 맨다. 헬멧을 쓴다. 장피에르 고티에**의 검은 안경을 낀다. 잔프랑코 페레***의 스카프를 맨다. 프린스****의 테이프를 카세트에 밀어 넣는다. 말보로 담배 스티커를 붙인다. 이제 출동이다. 부릉! 부릉! 부르릉……!

21:05 라 디아고날 도로가 공사 중이다. 나는 에스플루가스 방향으로 빠져나간다.

21:10 에스플루가스 국도가 공사 중이다. 나는 몰린스 데 레이 방향으로 빠져나간다.

모델이다.
* 성체를 찬양하기 위해 부르는 가톨릭 성가.
** 작가가 지어낸 가상의 인물.
*** 이탈리아의 패션 디자이너.
**** 미국의 가수이자 작곡가.

21:20 몰린스 데 레이 국도가 공사 중이다. 나는 타라고나 고속도로로 빠져나간다.

22:20 나는 개선문과 충혼탑, 인류학 박물관, 성당(유이스 보라사의 아름다운 제단화가 있는 성당)을 차례대로 둘러본다.*

23:00 나는 테루엘과 소리아 간 도로로 접어든다.

01:40 마침내 나는 육중한 철문 앞에 차를 세운다. 사설 업체 경호원 두 명, 민병대원 두 명, 지방 자치 경찰 두 명, 국립 경찰 소속 특수 기동대 대원 두 명, 이코나** 소속 대원 두 명 외에도 브루네테 기갑부대 파견대 한 팀이 삼엄한 경비를 펴고 있다. 흘낏 보니 이른바 독점적인(동시에 배타적인) 곳이다.

01:41 내가 자동차 키를 던져 주자, 주차원이 능숙하게 받는다.

01:42 정문 수위가 나한테 신분증을 요구한다. 나는 주민증, 운전 면허증, 카탈루냐 도서관 열람증, 베르가라 거리의 비디오 클럽 대여증, 성모마리아 교단 등록증을 내민다. 그러나 하나도 쓸모가 없다.

---

* 카탈루냐 남부 타라고나 지방의 유적지들.
** ICONA. '자연 보존 협회(Instituto para la Conservación de la Naturaleza)'의 약자.

01:43 주차원이 자동차 열쇠를 돌려주며 경고한다. 여긴 비엠더블유급 크기의 차량만 주차하는 곳이라고, 무단으로 자동차를 주차하면 전조등이 박살 날 거란다.

01:44 무수한 장애물들. 이대로 모든 계획을 포기해야 한단 말인가. 일단 나는 차를 몰고 순순히 물러난다.

01:46 무수한 난관을 헤쳐 나가는 제임스 본드가 뇌리에 스친다. 마리아 고레티*의 모습도 아른거린다. 나 자신이 초라하고 부끄러워진다. 나는 브레이크를 밟는다. 자동차를 포기한다. 차에 붙인 포스터며, 크랭크축이며, 차체며, '장모님, ♥해요' 스티커까지 몽땅.

01:50 나는 다시 전의를 불태운다. 이대로 물러설 수는 없다. 방금 전에 들어가지 못했던, 저 어둠에 휩싸인 곳으로 기필코 돌아갈 것이다. 내 입에는 스위스제 군용 칼이 물려 있다. 나는 내 모습에 전율한다.

01:55 나는 건물 냉각탑의 격자망까지 별 어려움 없이 접근한다. 이어 드라이버, 캔 따개, 와인 병따개, 톱, 그리고 야전용 미용 기구(누가 이런 것들을 스위스 사람들처럼 중요하게 생각했겠는가.)가 여섯 개나 달려 있는 군용 주머니칼로 격자망을 뜯

---

* 어린 나이에 순교한 이탈리아 성녀.

어낸다.

02:00 드디어 나는 에어컨 환기통 속으로 잠입한다. 아, 얼마나 짜릿한가!

02:20 깜깜한 환기통 속에서 출구를 못 찾고 이십 분을 헤매고 있다. 출구는 고사하고 입구라도 다시 나왔으면, 곧장 집으로 돌아가거나, 우산을 쓰고 공중을 날았다는 제임스 본드를 찾아갔을 것이다.

03:00 여태껏 환기통 속에서 뺄뺄 기고 있다. 지긋지긋하다. 아마도 수 킬로미터는 기고도 남았을 것이다. 무지막지하게 낮은 온도다. 회사 경영진은 열불 날 일이 많다 보니 사시사철 에어컨을 가동하나 보다. 나야 칠흑 같은 어둠 속에서도 사물을 식별하고, 달마다 정기적으로 충전되는 에너지 덕분에 체온을 유지할 수 있지만, 여기저기 방치된 생쥐나 인간의 사체 혹은 폐기물들이 비좁은 환기통 속에서 얼마든지 동사할 수 있다는 것을 대변해 준다. 불쌍한 사람들은 정문으로 입장이 허용되지 않자 나처럼 환기통을 헤매다가 귀중한 목숨을 잃었던 것이다.

03:40 저만치 어렴풋이 빛이 보인다. 아, 출구다! 나는 마지막 힘을 다해서 빛이 흘러 들어오는 격자를 발끝으로 걷어찬다. 동시에 미끄러져서 배기통 밖으로 떨어지는데, 아뿔싸, 하

필이면 만찬을 준비하던 거대한 20인용 테이블 위다. 아무도 없나 보다. 다행이다.

03:41 아니다. 그게 아니다. 느닷없는 소동에 웨이터가 뛰어온다. 모나코의 스테파니 공주와 약혼자가 예약한 만찬석이란다. 예약 날짜는 1978년 4월 9일이지만, 예약은 아직까지 취소되지 않았고, 그렇다고 파기할 수도 없단다. 일주일에 한 번씩은 식탁보와 냅킨을 세탁하고, 식기 세트를 닦고, 꽃 장식을 바꾸고, 벌레들을 퇴치하고, 빵(백색 밀과 콩으로 만든 빵)을 오븐에서 갓 구워 낸 것으로 교체한단다. 그러고 보니 실내 한쪽 구석에 거미줄을 둘러쓴 사진기자 대여섯 명이 진을 치고 있다.

03:44 내가 몸을 추스르자, 웨이터가 저녁을 먹고 싶으면, 비어 있는 테이블에 앉으라면서 사람들은, 그러니까 진짜 멋진 고객들은 새벽 5시나 5시 30분 전까지는 절대 저녁을 먹지 않는단다. 식사를 끝내자마자 부랴부랴 자리를 뜨는 일반 손님들과는 섞이기 싫다는 것이다. 나는 바르로 가서 카바*를 한 잔 주문한다.

03:45 카바가 입에 안 맞는다. 카바를 마시느니 액체가 만들어 내는(어떻게 설명할 수 없는) 거품 수를 헤아리는 게 낫겠

---

* 에스파냐에서 생산되는 발포성 포도주.

다. 나처럼 긴 스탠드 앞에 앉은 손님들 셋이 나누는 대화가 내 귀에 들린다. 거품이 솟아오르는 소리만 아니면 훨씬 더 잘 들릴 것이다. 설사 안 들린다고 해도 그들의 대화 내용을 추정하는 것은 일도 아니다. 카탈루냐 사람들은 항상 똑같은 이야기, 즉 일에 대한 이야기만 늘어놓기 때문이다. 그들은 둘 이상만 모이면 일에 대한 이야기를 떠들어 대느라 정신이 없을 정도다. 몇 마디 단어(독점 판매, 중개료, 청구서 등등)만으로도 얼마든지 활발한 격론이 벌어지며, 그들의 대화는 얼마든지 무한정으로 이어질 수 있다. 지구상에서 카탈루냐 사람들보다 더 일을 좋아하는 사람은 없다. 그런 그들이 무엇인가를 만들어 낼 줄만 알면, 모르긴 몰라도 지구의 주역이 될 것이다.

04:00 매혹적으로 생긴 아가씨가 나한테 다가오더니 공부를 할 것인가, 일을 할 것인가를 묻는다. 나는 그 둘의 차이를 모르겠다고 대답한다. 부지런히 공부하는 사람이든, 자기 일에 매달리는 사람이든, 열심히 하면 누구나 새로운 것을 배울 것이고, 중요한(내일을 위한) 일을 실현할 테니 말이다. 아가씨가 내 대답에 만족했는지 총총걸음으로 사라진다.

06:00 이곳에서 찾고자 했던 어떤 단서도 구하지 못한 채 하염없이 시간만 흘러가고 있다. 아마 내 직관이 틀린 모양이다. 이런 경우는 처음이다. 그사이에도 사람들이 들어와서 저녁을 먹고 나간다. 어떤 이들은 저녁을 먹으며 사업을 구상하다가 커피가 나오기 전에 바삐 자리를 뜬다. 나는 여전히 쟁반

이 오가는 것을 지켜보면서, 카바의 거품 수를 헤아리면서 자리를 지키고 있다. 그사이 주문한 잔이 벌써 네 번째다. 자리를 뜰 시간이다.

06:15 홀에는 나 외에 아무도 없다. 자꾸 잠이 쏟아진다. 나는 꾸벅꾸벅 졸다가 화들짝 놀라서 두 번이나 고개를 든다. 평평하면서도 움푹 파인 스탠드에 이마를 찧은 탓이다. 나는 계산서를 청구한다.

06:16 내가 자리에서 조심스럽게 내려서기 직전에 어떤 손님이 바르로 들어선다. 새로운 손님이 스탠드에 왼쪽 팔꿈치를 괴더니 오른손 엄지와 중지로 손가락을 튕긴다. 웨이터가 다가온다. 손님이 위스키를 주문한다. 어떤 걸로 할까요? 몰트. 잔은 어떤 걸로? 낮은 잔으로. 얼음을 넣을까요? 물론이지. 더블? 트리플. 물도 드릴까요? 물론이지. 미네랄워터도? 물론이지. 탄산이 섞인 걸로 할까요? 아니, 없는 걸로. 웨이터가 물러난다. 손님이 앞으로 꼬꾸라진다.

06:20 나는 실신한 손님한테 구강 대 구강 인공호흡을 실시하는 한편, 정신을 차리도록 손님의 뺨을 사정없이 갈긴다. 그런데 두 가지 일을 동시에 하다 보니 내 손바닥이 내 뺨을 때리는 꼴이다.

06:25 손님이 정신을 차렸나 보다. 웨이터가 주문한 위스키

를 가져온다. 그러나 정신을 차린 손님이 위스키를 한 모금 마시다가 다시 실신하며 꼬꾸라진다. 나는 다시 인공호흡을 실시한다.

07:00 나는 그 손님과 함께 바르를 나선다. 손님은 나에게 기대고, 나는 벽에 기대며 걷는다. 나뭇가지에서 새들이 지저귀고, 수평선 너머로 태양이 고개를 들어 올린다. 날이 이미 샜는데 여태껏 뭐 하고 있느냐는 질책이 담긴 표정으로.

22일

07:00 (바로 앞 단락의 내용과 똑같다.)

07:05 인간이 설마 이렇게까지 약할 수 있을까. 새로운(그리고 나한테 보호받는) 친구가 도저히 믿기 힘든 허약한 힘으로 내 팔을 벗어난다. 아니, 나를 뿌리친다. 내가 다시 부축하자 나한테 용서를 구한다. 나로서는 신의 사랑을 실천하는 것뿐이니 신경 쓸 것도 없다고 하자, 새로운(그리고 나한테 보호받는) 친구는 겉보기와 달리 취하지 않았단다. 그냥 너무 지친 탓이란다. 밤에 잠을 못 잔 탓이란다. 몇 달을 못 잔 탓이란다. 나는 그 이유가 알고 싶어진다.

07:30 나의 새로운 친구는 회사 이사인데 일에 매달려 죽을 맛이란다. 그의 얘기에 따르면, 그는 주식시세와 외환시장의

동향을 살피고 분석한다. 밀크 커피(유지가 제거된 것)를 마시고, 마가린을 바른 토스트를 먹고, 약을 상시 복용한다. 샤워와 면도 후에는 강렬한 향을 지닌 스킨로션을 바른다. 그리고 옷을 입는데, 상표가 하나같이 에르메네질도 제냐다. 자식은 둘이란다. 씻기고, 입히고, 머리를 가지런히 빗긴 아이들은 그의 차를 탄다. 오늘은 그가 아이들을 학교로 데려다 주는 날이다. 아이들은 어제 엄마 집에서 저녁을 먹고, 잠은 아빠 집에서 잤다. 오늘은 아빠 집에서 저녁을 먹고, 엄마 집에서 잠을 잔다. 내일은 엄마가 학교에 데려다 주고, 아빠는 아이들을 찾으러 학교로 갈 것이다. 그의 집에서, 혹은 그의 모친 집에서 (전화를 하겠지만) 저녁을 먹이기 위해서다. 한 아이는 친아들이고 다른 아이는 아니지만, 그렇다고 물어보고 싶지는 않단다. 아내와 (사이좋게)헤어진 뒤에 아내에게 누구에 대해서도, 어떤 것에 대해서도 물어본 적이 없고 묻지 않는다. 운전은 양무릎으로 한다. 차량에 설치된 이동 전화기를 오른손에 들고, 왼손으로 라디오 방송 주파수를 맞추고, 왼쪽 팔꿈치로 자동차 창문을 올리거나 내리고, 오른쪽 팔꿈치로 변속기를 건들려는 아이들을 제지하고, 턱으로 경음기를 누르기 때문이다. 사무실에서도 마찬가지다. 그는 눈으로 텔렉스와 팩스며 서간을 들여다보고, 귀로 자동응답기의 메시지를 듣고, 입으로 연방 비서를 찾는다. 이봐, 11시 미팅 취소해. 이봐, 12시 미팅 시간 조정하도록 해. 이봐, 라 도라다*에 4인용 테이블 예약해

---

* 마드리드에 있는 해산물 전문 고급 레스토랑.

뒤. 이봐, 리노* 예약은 취소해. 이봐, 내일 날짜로 뮌헨행 비행기 예약해 줘. 이봐, 오늘 오후 제네바행 비행기는 취소야. 이봐, 약 좀 가져와. 그는 잠깐의 휴식 시간도 그냥 보내지 않고 영어 회화에 집중한다.

마이 네임 이즈 페페 로베요.
인 셰이프 노 비거 댄 언 에거트 스톤
온 더 포펑거 오브 언 올더먼
드론 위드 어 팀 오브 리틀 에터미스.
에스워트 맨스 노지스 애즈 데이 라이 어슬립.**

한편 그는 세비야나***를 배우는데, 예습을 하지 않아 여선생한테 추궁을 당하기도 한다. 호쑤, 로베요, 아 베 에쏘 브라쏘 이 에사 신뚜리야!**** 그는 요즘 세비야나 전통 의상을 입고 가와사키 오토바이를 몰면서 캐스터네츠를 연주하는 난이도 높은 기술도 습득 중이다. 오늘은 클럽으로 가는 길에 가벼운 사

---

* 미국 네바다 주의 관광 도시.
** 인용구 2~5행은 『로미오와 줄리엣』의 1막 4장 중 일부, 즉 '매브 여왕'에 대한 묘사를 인용한 것이다. '(그녀는) 시의원의 집게손가락 위의 마노보다/ 크지 않는 정도의 몸집을 하고서/ 눈곱만 한 짐승들이 이끄는 마차 타고/ 잠자는 사람들의 코 위를 지나가지.'(최종철 역, 민음사, 2008)
*** 에스파냐 세비야 지방의 전통 춤.
**** 'Jossú, Rovelló, a ve esso brasso y esa sinturiya!'를 여선생이 안달루시아 지방의 억양으로 발음한 것. '맙소사, 이게 뭐예요, 로베요 씨, 그 팔과 허리 좀 보세요!'라는 뜻이다.

고를 일으켜 시간이 지체되었고, 그 바람에 세비야나 전통 의상을 입은 채 스쿼시 두 게임을 치렀다. 레스토랑에서는 셀러리(소금을 치지 않은 것) 한 접시에다 디저트로 박하를 먹고, 코이바*를 태우고, 식후에는 치료약과 소화제에다 종합 비타민제를 복용한다. 건강이 좋지 않단다. 위염, 정맥염, 편두통, 혈류 장애, 만성 변비에 시달리는데, 약이 하도 많다 보니 종종 시가를 좌약으로 혼동한다. 에어로빅 시간에 탈구되어 정형외과 의사가 뼈를 맞추고, 마사지를 받다가 다시 뼈를 삐기도 한다. 그런데 요즘 남다른 고민이 생겼단다. 두 번째 아내가 첫 번째 아내의 전남편과 만나더니 덜컥 임신이 되었는데, 그들 사이에 태어날 아이의 이름을 무엇으로 지을 것인가? 초음파 검사에 드는 고가의 병원비는 누가 낼 것인가? 고민은 그것만이 아니다. 그의 요트 관리자가 코스타 도라다**에서 해적질을 하고 있단다.

07:50 헤어질 시간이다. 마지막 잔을 비운 그가, 오늘은 하루를 만족스럽게 시작할 수 있겠단다. 헬멧을 쓰고 장갑을 낀다. 나는 내가 술을 마신 상태에서 어떻게 운전을 하겠느냐고 묻는다. 아니, 어떻게 오토바이를 타고 간단 말이오! 내가 누구 때문에 마셨는데? 그가 시내로 나갈 때는 삼각 행글라이더를 이용한다.

---

* 쿠바산 고급 시가.
** 지중해 해역의 발레아레스 제도에 위치한 에스파냐 해양 관광지.

08:00 그가 페드랄베스 도로 위에서 도로 아래를 향해 달리더니 이내 허공으로 날아오른다. 행글라이더를 묶은 줄이 풀려나간다. 파란 아침 하늘에서 나한테 작별 인사를 건넨다. 안녕, 안녕, 암푸르단에서 만납시다.*

08:05 나는 발을 질질 끌며 걸어간다. 아니다. '발을 질질 끌다.'라는 표현(관용적인 표현)은 현실적으로 적절하지 않다. 적절한 표현이 되려면 양발을 동시에 질질 끌며 걸어갈 방도가 있어야 한다. 그래서 나는 한쪽 발을 질질 끌고 다른 쪽(발)을 폴짝 뛰며 앞으로 나가 보지만, 그러다가 바닥에 처박히고, 그때부터 엎드려서 기어간다.

08:06 이번에는 엎드려 기어가면서 '엎드려서 기어가다.'라는 표현에 대해 생각하는데, 길에 떨어진 어떤 물체가 눈에 들어온다. 얼핏 분석해 보니 악어로 만든 지갑이다. 조금 더 자세하게 분석하니, 여러 사람의 손을 거쳤고, 방금 작별한 친구가 마지막 주인이다. 흐흐, 내 손에 들어온 악어 지갑……. 섭씨 23도, 상대습도 56퍼센트. 산들바람이 거세진다. 해상에 큰 파도가 일고 있다.

08:07 나는 지갑을 열어 본다. 현금 3000페세타가 들어 있

---

* 영화 「카사블랑카」에서 릭이 일사에게 건네는 대사를 패러디한 것. 암푸르단은 헤로나 지방에 위치한 역사적인 명소이자 휴양지이다.

다. 나는 일단 현금을 챙겨 주머니에 넣는다. 지갑에는 주민등록증, 운전 면허증, 신용카드, 상류층이 사용하는 멤버십 카드들이 보이고, 소나무와 소나무 옆에서 찍은 늑대 개의 모습을 담은 사진이 들어 있다. 그게 전부이다. 아무것도 아닌 걸로 괜히…….

08:10 아니, 아무것도 아닌 게 아니다. 지갑을 하수구에 버리려는 순간에 이상한 게 눈에 띈다. 지갑 가운데가 지퍼로 잠겨 있다. 지퍼. 아직 나는 지퍼의 메커니즘을 숙지하지 못한 터라(그게 그렇게 기이하고 재미있는 물건인지 상상조차 못한 터라) 가죽을 억지로 벌린다. 지퍼 안쪽에 사진이 들어 있다. 아가씨다. 예쁘다. 사진 뒤쪽에 이런 글귀가 적혀 있다. '차토, 멋쟁이, 그런 당신을 누가 사랑하지? 쿠키가.'

08:11 흠, 이것 보라고. 그럼 그렇지.

08:12 택시가 지나간다. 나는 택시를 잡는다. 라디오에서 뉴스가 흘러나온다. 이전에 반데요스 원자력 발전소에서 어떤 사고가 났던 모양이다.* 원자력 발전소 대변인이, 우려와는 달리 돌연변이의 우월성이 확인되었다고, 환자 가족들이 날마다 놀라고 있다고 열을 올린다. 그러나 택시 기사는 납득하지 못한 눈치다. 그럴 바에는 차라리 원자력 발전소를 도냐나

---

* 1989년에 화재로 인해 원자로가 정지한 사고.

국립공원*으로 옮기면 되지 않느냐고, 덕분에 국립공원 보호
종들도 돌연변이에 대해 배울 거 아니냐고 비꼰다.

08:30 나는 집으로 돌아온다. 아니, 부리나케 집으로 피신
한다. 아파트를 들어서는데 나를 대하는 이웃들의 증오와 저
주가 장난이 아니다. 여자 수위가 나를 보자마자 빗자루 손잡
이로 활을 만들어 독화살을 쏘아 대고, 어떤 이웃은 계단 난간
사이로 난 틈을 통해 뜨거운 기름을 뿌리고, 어떤 이웃은 우리
집에 독거미를 들여보내 무서운 적의를 드러낸다. 대체 무슨
일인가. 쿠칼로 독거미부터 제거해야겠다.

08:45 오해다. 오해는 풀어야 한다. 오후에는 이웃들을 불
러 모아야겠다. 간단한 음식을 준비해서 그들의 불평불만을
(인내심을 갖고)들어 본 뒤에 실추된 명예를 회복해야 한다. 우
리 집 풀장에서 다이빙을 하고 싶다면 얼마든지 허락해 줄 것
이다.

08:50 오후 모임에 필요한 것을 사야겠다. 나는 위대한 왕 알
폰소 5세(1396~1458)**의 모습으로 변신하고 거리로 나선다.

09:00 나는 밀가루 반죽 덩어리 스물네 개, 버터 한 개, 소시

---

* 1994년에 유네스코에 등재된 유럽 최대의 생태 보존지.
** 15세기에 지중해 연안의 왕국들을 정복하며 대제국을 건설한 아라곤 왕
국의 군주.

지 100그램, 탄산음료 한 병을 산다.

09:10 종이 초롱, 풍선, 테이프를 산다.

09:20 나는 집으로 돌아온다. 이번에는 우편함에서 전갈들이, 엘리베이터에서 코브라가, 층계참에서 네이팜 폭탄이 나를 위협하고 있다.

09:50 나는 간단한 먹을거리를 장만한다. 하지만 찜찜한 기분이 가시지 않는다. 아마도 요리할 때 식칼 대신 펜치를 사용해서 그런가 보다.

10:00 나는 초대장을 만든다. 신사 숙녀 여러분을 모시게 되어 영광입니다……. 이러쿵저러쿵해서…… 필히 검은 옷을…… 어찌고저쩌고……. 그래도 만들고 나서 보니 아주 마음에 든다.

10:05 나는 각각의 초대장을 각각의 봉투에 넣는다. 봉투(풀이 칠해져 있는 봉투)에 침을 바른다. 풀 맛이 너무나 달콤해서 침을 바르다 말고 초대장을 먹는다. 한 장도 아니고 세 장이나 꿀꺽 먹어 치운다. 초대장 작업을 하면서 내가 원하는 일들, 다시 말해 메르세데스 부인의 바르를 구입할 생각과 이웃집 여자와의 미래가 잘될 거라는 생각에 흐뭇해진다. 나는 손가락으로 크리스마스까지 남은 날짜를 헤아려 본다.

10:15 어떤 소리가 나의 상념을 깨트린다. 누군가가 현관문 밑으로 봉투 하나를 밀어 넣는다. 발신자가 없다. 봉투 안에 인쇄지가 한 장 들어 있다.

어땠어요? 간밤에는 잘 지냈나요?
오늘은 나를 만나면 한결 더 나아질 거예요.
나는 꿀과 시럽, 아로마와 보존제(E413, E642)가 들어간
토시니요 데 시엘로*,
나는 오직 당신만의 호랑이 입을 위해 존재해요.
투론 데 에마스가(街) 5번지 꼭대기 층 2호
(트라베세라 데 라스 코르트스 코너에 위치)
추신. 당신의 이웃들은 잊으세요. 본래가 그저 그런 부류들
이거든요.

10:25 아무래도 내 사회적 회생 계획을 방해하려는 누군가
가 있긴 있나 보다. 나는 초대장을 발기발기 찢어서 반죽 덩이
를 삼키듯이 꿀꺽 먹어 치운 다음, 분위기를 바꿀 겸해서 종이
초롱에 불을 붙이고, 테이프로 하와이풍의 치마를 만든다.

10:40 하와이춤을 춘다. 금방 싫증이 난다.

10:45 나는 메르세데스 부인이 입원해 있는 병원에 전화를

---

* '천국의 비곗살'이라는 뜻의 에스파냐 전통 푸딩.

걸어서 그녀의 남편인 호아킨 씨와 통화한다. 어떠세요? 좋아요, 아주 좋아요. 의사가 아무 때나 퇴원하라고 말했단다. 당연히 호아킨 씨도 함께 말이다. 내일은 다시 바르를 열 수 있을 거란다. 반가운 소식이다. 나는 수화기를 내려놓는다.

11:00 푹푹 찌고 습습한 날씨와 달리 맑고 건조한 오전이다. 슬슬 산책이나 나가 볼까. 한데 어디로 가야 하나?

11:05 미술관이 어떨까. 무엇보다도 나한테 큰 부담이 안 되는 테마다. 우리 별에서는 조형예술을 그다지 중요하게 여기지 않는데, 우리는 선천적으로 색맹이자 원시(遠視)고, 미학에는 그다지 관심을 두지 않는 까닭이다. 게다가 나는 천성적으로(또한 재능 면에서) 공부를 좋아하지 않아서 미술 교육을 제대로 받지 못했다. 그래서 아는 화가가 있느냐고 누가 물어보면, 나는 피에로 델라 프란체스카*와 타피에스**를 들이대며 대충 얼버무리다가 이야기가 길어질 것 같으면 화제를 슬쩍 다른 데로 돌릴 것이다.

11:30 나는 카탈루냐 미술관을 찾아간다. 공사로 휴관 중이다.

---

* 르네상스 시대의 이탈리아 화가.
** 에스파냐의 화가이자 조각가.

11:45 나는 현대 미술관을 찾아간다. 공사로 휴관 중이다.

12:00 나는 인종학 박물관을 찾아간다. 공사로 휴관중이다.

12:20 나는 모던 아트 미술관을 찾아 간다. 역시 공사로 휴관 중이다. 관장은 앞으로 미술관을 활성화하고 다양한 섹션과 산학 협력 체제를 갖춘 센터로 변모시킬 거라고 설명한다. 이를 위해 15층 건물을 신축하고, 그곳에 극장 둘, 카페 넷, 기념품 가게 하나, 노인들을 위한 전용 장소, 미술관의 회화 컬렉션, 티비다보의 변형된 거울 작품들*과 플라넬스**의 반창고 컬렉션을 유치하며, 이번 공사는 1992년에 끝내고 1998년까지는 재개하지 않을 방침이란다. 공사 기간 중에 그림들은 항구의 창고에 보관되어 있었지만, 시청 소속의 어떤 분과가 지난달에 창고를 허물었고, 그로 인해 지금쯤은 지중해 어딘가에 떠돌고 있을 거라면서, 그래도 미술관을 보고 싶으면 결코 헛걸음한 게 아닐 테니 들어가 보란다. 마침 오늘 오전에 미술관에다 역시 공사 중인 자연사 박물관에서 매머드를 옮겨다 놓았다는 것이다.

13:00 나는 기왕에 머물게 된 시우다델라 공원에서 나머지

---

* 티비다보 유원지에는 거울을 변형한 전위적 작품들이 설치되어 있다.
** 에스파냐 시민전쟁 이후 소련으로 망명한 의사이자 과학자로, 이질 백신을 만들었다.

시간을 보낼 참이다. 나는 노점에서 산 폴보론* 한 봉지(큰 봉지)를 손에 들고 연못가에 느긋하게 자리를 잡는다. 햇살이 강렬한 탓에 자리다툼을 벌일 일도 없다. 수면 위를 미끄러지듯이 돌아다니던 물오리 떼가 나에게로 다가왔다가, 내가 폴보론을 던져 주자 날름날름 받아먹고는 연못 한가운데로 미끄러지듯 멀어진다.

14:00 나는 시에테 푸에르타스**에서 점심을 먹는다. 뱀장어, 가재, 육고기 내장과 콩팥, 에스토파도 데 모로***, 베가 시칠리아 와인 두 병, 크레마 카탈라나****, 커피, 코냑, 몬테크리스토 2번을 차례대로 먹고, 마시고, 피운다.

16:30 나는 식후 소화를 위해 몬주익 언덕을 걸어 오른다.

17:30 나는 식후 소화를 위해 몬주익 언덕을 걸어 내려온다.

18:30 나는 식후 소화를 위해 몬주익 언덕을 다시 걸어 오른다.

19:00 나는 페트리트솔 거리에서 간식을 먹는다.

---

* 에스파냐에서 크리스마스에 먹는 전통적인 후식 과자.
** 1836년에 개업한 유서 깊은 레스토랑.
*** 약한 불에 살짝 구운 육류와 야채가 들어간 에스파냐풍 스튜.
**** 에스파냐 전통 달걀 케이크. 주로 후식으로 나온다.

20:00 나는 인쇄지에 적혀 있던 장소로 향한다. 도착해 보니 20시 32분이다.

20:32 (방금 전에 언급한 내용과 같다.)

20:33 내가 그 건물 현관으로 들어서는데, 고상한 제복을 착용한 수위가 제지한다. 내가 어디로 가야 하는지 생각해 봐도 되겠소? 수위님, 꼭대기 층 2호랍니다. 아, 그래요? 내가 왜 꼭대기 층 2호로 가야 하는지 알아봐도 되겠소? 약속이 있습니다. 오, '약속이 있다', '약속이 있다'……. 이렇게 이른 시간에 말이지. 그건 그렇고, 당신이 '약속이 있다.'라고 말하는 상대방 이름은 뭐요? 어떤 아가씨인데, 이름이 얼른 기억나지 않습니다. 아, 어떤 아가씨…… 혹시 필로스키 양? 맞아요, 바로 그 여자입니다. 아, 그렇다면 젊은이, 젊은이는 운이 없소. 필로스키 양은 사십 년 전에 죽었거든. 정확히 말하자면, 내가 이 건물에서 처음으로 경비 업무를 시작한 해였지. 그때만 해도 나는 건장하고 뚝심이 좋았는데……. 참, 그 여자가 아니라면, 혹시 성령의 품에 안긴 아가씨일지도 모르겠군. 소티요 양이라고…….

21:30 우리 입에서 무려 쉰두 명의 아가씨들 이름이 흘러나오고, 그때마다 언급된 아가씨들의 영원한 휴식을 위한 기도가 뒤따른다. 나는 마지못해 수위한테 5000페세타짜리 지폐를 하나 건넨다.

21:31 수위가 엘리베이터를 함께 타더니, 엘리베이터에 배경음악이 없는 게 못내 서운한지 아주 낮은 소리로 콧노래를 흥얼거린다.

21:32 수위가 나를 층계참까지 데려다 준 뒤에 사라진다. 나는 문으로 다가가 초인종을 누른다. 딩-동. 정적이 흐른다. 딩-동. 정적. 층계참에 화분이 놓여 있는 게 천만다행이다. 나는 그 화분을 쳐다보며 조바심을 삭인다.

21:34 나는 다시 초인종을 누른다. 딩-동. 발소리가 가까워진다. 문에 달린 조그만 방범 렌즈가 열린다. 한쪽 눈이 나를 쳐다본다. 내 손에 막대기가 쥐여 있었으면, 렌즈 구멍에 쑤셔 넣었을 것이다.

21:35 방범 렌즈가 닫힌다. 발소리가 저만치 멀어진다. 다시 정적이 흐른다.

21:36 다시 발소리가 가까워진다. 문고리 미끄러지는 소리에 이어 자물쇠 돌아가는 소리가 들린다. 천천히 문이 열린다. 아, 이대로 계단을 뛰어 내려갈 것인가? 아니다. 나는 기어이 만나고 말 것이다.

21:37 문이 활짝 열린다. 여자다. 파자마 차림에 실내화를 신고 있다. 여자가 나한테 쓰레기봉투를 건네다 말고 자신의

결례에 대해 용서를 구한다. 층계참이 어두운 데다 안경을 쓰지 않아 나를 수위로 착각했단다. 수위가 항상 이 시간에 올라오거든요. 아, 혼동한 쪽은 접니다. 제가 찾고 있는 사람이 건너편에 사는데 제가 그만 실수를 했군요. 아, 아녜요, 신사분들은 심심찮게 실수를 하잖아요. 초조해서 그럴 거예요. 그럴 때면 다들 유카 나무에 오줌을 싸더군요. 보세요. 덕분에 저 유카 나무가 아주 싱싱하잖아요. 제 불찰이었지만, 기왕 올라왔으니, 그 쓰레기봉투를 제가 가져가도 되겠습니까? 어머, 사실은 앙헬 카사스*가 진행하는 프로그램이 이제 막 시작되는데, 내심 놓치고 싶지 않았거든요. 아, 그렇다면 다행입니다. 오, 정말 멋진 분이네요. 그럼 여기서 더 지체할 게 아니라, 당장 쓰레기 처리장으로 가져가세요.

21:45 나는 다시 엘리베이터를 타고 내려갔다가 다시 올라간다. 이번에는 같은 층의 건너편 대문을 노크한다.

21:47 어떤 사내가 문을 열어 준다. 어라, 이거 내가 다시 실수한 거 아냐? 아니다. 사내 왈, 아가씨가 나를 기다리고 있단다. 자, 들어오시기 바랍니다.

21:48 나는 사내를 따라 비좁은 복도를 지난다. 양탄자, 커튼, 그림, 꽃, 진한 향수 냄새……. 그래도 나는 이곳을 빠져나

---

* 바르셀로나 출신의 신문기자이자 방송인.

가고 말리라. 아무 일도 없었던 것처럼 당당하게.

21:49 나를 데려간 사내가 진홍색 융단으로 감싼 문 앞에서 걸음을 멈춘다. 문 뒤에 아가씨가 있단다. 나를 기다리고 있었다는 것이다. 그 사내는, 나는 굳이 그 사내에 대해 생각해 본 적이 없는데, 자기가 집사라면서 '가라테'라는 무술을 연마했다고, 실제로 다른 사람들보다 고수이니, 어리석은 짓은 삼가라고 경고한다. 나는 아무 짓도 안 할 거니 걱정 말라고 약속한다. 집사. 여전히 나는 집사가 무슨 뜻인지 모르겠다. 그렇지만 그 사내의 말투로 미루어 볼 때, 그가 나한테 했던 경고에 대해 일말의 의구심도 품어서는 안 될 것 같다.

21:50 문이 열린다. 순간 나는 주저한다. 들어갈 것인가, 말 것인가. 어떤 음성이 흘러나온다. 들어와, 들어오라고. 아, 어찌 이럴 수가 있단 말인가!

21:51 아, 이럴 수도 있구나!

02:40 우리는 그 동안 각자가 겪은 모험에 대해 긴 이야기를 나눈다. 구르브 역시 운이 없었나 보다. 처음에는 대학 교수 행세를 했단다. 마음에 들었지만, 논문을 작성해야 한다는 부담감 때문에 포기하고, 그 뒤로도 많은 일들이 일어났단다. 구르브는 진지하고 섬세한 부류, 예를 들어 호세 루이스 도레

스테* 같은 인물을 원했는데, 왜, 무엇 때문인지 그 이유는 몰라도 한량 같은 남자들만 자기를 좋아하더라는 것이다. 내가, 못된 매춘부로 변신한 탓이라고 일침을 놓자, 구르브는 그게 아니라고, 나한테 자기가 그렇게 보이는 것은 항상 삶을 억누르려는 내 시각 탓이란다. 우리가 한참 동안 열을 올리면서 격론을 벌이는데, 집사가(정색을 하면서) 막중한 임무를 맡은 외계인들이 저잣거리 아낙네들처럼 천박한 싸움질로 귀중한 시간을 허비하면 되겠느냐고, 이렇게 어리석은 짓은 이 세상 어디에도 없을 거라고 책망한다. 이어 집사는 우리를 감동시키는 이야기를 덧붙이고, 우리는 그 이야기에 감동의 눈물을 펑펑 흘리기 시작한다. 그는 아주 오래 살았다고, 가족은 외아들인 자신을 포함해서 절대로 모른 체할 수 없는 부친이 둘, 조부가 넷, 증조부가 여덟, 도합 열다섯 명이라고, 어릴 때는 워낙 가난해서 배급표로 쌀과 렌즈콩과 거친 빵과 분유를 바꿔 먹기 전까지 쫄쫄 굶었다는 것이다. 씁쓸하기만 한 그의 삶 앞에서, 끝날 줄 모르는 그의 인생 유전 앞에서 우리는 대성통곡하고 있다. 우리는 그가 일했던 날짜에 해당하는 급료를 손에 쥐어 준 뒤에 아쉬운 이별을 고한다.

02:45 구르브가 집 구경을 시켜 준다. 지극히 이상적인 분위기다. 모든 것을 혼자서 골랐단다. 내가 사는 집과 비교하니 차마 고개를 못들 정도로(마음속으로) 몹시 부끄러워진다.

---

* 1988년 서울 올림픽 요트 부문 금메달리스트.

02:50 구르브가 굵직한 목재 문을 열면서 얼마 전에 설치했다는 사우나실을 보여 준다. 아직 사용한 적이 없고, 그럴 생각도 없어서 추로를 뜨끈하게 보관하는 데 유용하게 쓰고 있단다.

02:52 내가 추로를 목구멍에 꾸역꾸역 밀어 넣으면서, 요 며칠 나로 하여금 불행한 일을 겪게 만든 장본인이 아니냐고 구르브에게 묻는다. 구르브는 그렇다고, 그러나 꼭 나쁜 의도로 그런 건 아니었다고 대답한다. 우리가 입속에 음식을 빵빵하게 채운 채 이야기를 할 수 있는 것은 텔레파시 대화의 장점이다. 내가, 내가 정해 놓았던 생활 수칙을 무슨 이유로 어겼느냐고, 그로 인해 내가 지구인들에게 방탕아로 낙인찍혔다고 따지자, 구르브는 내가 호아킨 씨와 메르세데스 부인의 바르에서 손님들한테 코르타도*나 나르면서 인생 종치는 꼴을, 그것은 둘째 치고 내가 이웃집 여자와 엮이는 꼴을 두고만 볼 수 없었다고 대답하더니, 진작 이런 일이 일어날 줄 알았다고, 내가 본래 그런 숙명을 타고났다고 비아냥댄다. 우리가 한참을 으르렁거리고 있는데, 누군가가 문을 두드린다. 우리가 문을 연다. 바로 옆집에 사는 이웃이다. 도저히 잠을 잘 수 없다고 불만을 터트리면서 정 그렇게 싸우고 싶으면 말로 싸우라고, 차라리 다른 사람들처럼 고함을 지르거나 그릇을 깨뜨리란다. 이미 습관이 되었다는 것이다. 그러더니 이웃은 불만을

* 조그만 컵에 나오는 에스파냐풍 에스프레소 커피.

누그러뜨리며 이렇게 덧붙인다. 지금 텔레비전에서 텔레파시 대화 소리가 흘러나오고 있으니, 그런 양철통은 쳐다보지도 말아요.

03:00 워낙 늦은 시간이다. 우리는 일단 잠을 자고 아침에 다시 대화를 나누기로 한다. 잠자리에 들기 전, 우리는 로사리오 기도를 올린다. 그런데 환희의 신비 2단* 대목에서 나는 다시 질책하지 않을 수 없다. 구르브는 《메종 마리 클레르》에 한눈을 파는 중이다.

03:15 나는 구르브에게 양치질을 시킨다. 하느님은 알고 있다. 굳이 코 밀 포(Comme il faut), 즉 반드시 예의상 이를 닦는 것만은 아니라는 것을.

03:20 내가 잠옷이 있느냐고 묻자, 구르브가 옷장을 연다. 온통 속옷이다. 아, 차라리 안 보는 게 낫겠다.

03:30 구르브가 침실과 거실 사이의 문을 살짝 열어 두고 침실로 들어간다. 나는 거실 소파에 몸을 누인다. 잘 자, 구르브. 그래, 내일 봐. 푹 쉬도록 해. 그래, 너도. 구르브, 좋은 꿈 꿔.

03:50 구르브. 왜? 자? 아니, 넌? 나도 잠이 안 와. 우유나 한

* 이 대목은 "마리아께서 엘리사벳을 찾아보심을 묵상합시다."이다.

잔 할까? 아냐, 됐어.

04:10 구르브. 왜? 무슨 생각해? 아무것도, 넌? 너도 찾았으니, 이제 다시 우리 별로 돌아갈 생각을 하고 있어. 아, 그래?

04:20 자? 왜, 구르브? 넌 우리 별로 돌아가고 싶어? 그야 물론이지. 너는 안 그래? 아, 몰라, 난 모르겠어. 사실 우리 별은 너무 따분하고 고루해. 구르브, 넌 아직도 어떤 미련이 남아 있나 보구나. 그래, 사실 난 여기 남았으면 해. 그래? 여기 남아서 뭘 어쩔 건데? 글쎄, 공짜로 먹고사는 일을 하면 어떨까. 예를 들어, 어떤 거? 너와 나, 우리가 그 바르를 인수하는 거야. 그거 좋은 아이디어군. 내가 호아킨 씨와 메르세데스 부인의 바르를 인수하고 싶었다고 할 때는 그렇게도 나를 무시하고선 이런 생각을 하다니, 나로서는 좋을 수밖에. 에이, 비교할 걸 비교해야지. 호아킨 씨와 메르세데스 부인의 바르를 찾는 손님은 연금에 매달린 은퇴자들뿐, 내가 원하는 곳은 그런 데가 아냐. 멋진 실내장식에 생음악이 흐르고, 당구도 치고, 타로 카드 게임도 하고, 새벽까지 영업을 하는 바르, 토요일엔 미스 비키니 대회가 열리는 바르라고. 흠. 그러니 잘 생각해 봐. 좋아, 그러지 뭐.

04:45 구르브. 왜? 넌 그게 돈이 될 거라고 생각해? 아니, 누가 그런 생각을 하는데? 내가. 그래, 그렇지만 쓸데없는 걱정은 붙들어 둬. 내가 말하는 바르는 엄청난 돈을 벌 테니까. 그

래, 처음엔 그러겠지. 하지만 유행이란 게 있어. 유행이 지나면 실내장식을 하느라 골치가 아플걸. 그게 어때서? 사업이 안 되면 다른 걸 하는 거야. 이 도시는 땅을 파고 또 파도, 그때마다 황금이 나오는 금광 같은 곳이잖아. 그러다가 시들해지면 마드리드로 가지 뭐. 마드리드는 풍요로운 곳이거든. 정기 항공편을 이용하는 거야. 아, 모르겠어. 뭐가 뭔지 정말 모르겠어. 내가 보기엔 확실한 게 하나도 없잖아. 내 말 들어 봐. 네가 걱정하는 게 다가올 미래라면, 앞으로도 구천 년을 더 살거라는 기대하에 연금 계획만 잘 세우면 되잖아. 그렇다고 카이사 은행을 털자는 건 아냐. 아무튼 난 이만 자야겠어. 알았어, 그렇게 해. 이봐, 구르브, 그렇다고 화내진 마. 난 화를 내는 게 아냐. 그냥 잠이나 자자는 거지. 잘 자, 구르브. 잘 자.

23일

10:13 나는 초인종 소리에 눈을 뜬다. 여기가 어디지? 소파다. 내가 왜 이렇게 안락한 거실에 누워 있는 거야? 아, 이제 기억이 난다. 구르브는? 침실 문이 닫혀 있다. 세상모르고 곯아떨어진 모양이다. 구르브는 평소에도 잠이 많다. 부지런하고 새벽잠이 없는 나와는 정반대다. 초인종이 울린다. 계속 울린다.

10:15 나는 소파에서 일어나 침실 문을 노크한다. 대답이 없다. 하는 수 없이 현관으로 향한다.

10:16 문을 열고 보니, 웬 젊은이가 하얀 백합 꽃다발을 들고 서 있다. 아가씨한테 전하랍니다. 나는 5페세타짜리 동전 두 개를 팁으로 건네고, 꽃을 받아든다.

10:18 나는 주방으로 가서 내가 방금 건넨, 엄밀히 따져서 구르브가 내야 했던 팁의 액수를 적어 둔다. 꽃병을 찾는다. 물을 채우고 꽃을 꽂는다. 어쩌면 줄기를 너무 많이 잘라 버렸다는 생각이 든다. 하지만 후회한들 소용없는 짓이다.

10:21 꽃다발에 동봉된 봉투를 열어 보니, 손으로 쓴 메모지가 들어 있다. 열면 안 되는 줄 알지만 궁금하다. 참을 수 없다. '내 사랑 쿠키에게. 진짜 사랑해, 사랑해, 사랑해, 사랑해……. 백만 번의 키스를. 페페가.'

10:24 초인종 소리가 울린다. 내가 다시 나간다. 배달원이다. 트루파 엘라다*가 담긴 선물 상자다. 나는 동전 두 개를 팁으로 건넨다.

10:26 나는 다시 팁으로 지불한 액수를 적어 둔다. 상자를 냉장고에 넣었다가 꺼내서 초콜릿 열 개를 먹고, 티가 안 나게 잘 처리해서 다시 냉장고에 넣는다. 선물 카드를 열었지만, 메시지를 읽을 기분이 아니다. 섭씨 25도. 상대습도 75퍼센트. 살랑대는 남서풍. 해상에 잔물결이 일고 있다.

10:29 초인종 소리가 울린다. 내가 다시 나간다. 배달원이다. 선물 바구니 속에 향수 비누, 샤워용 보디 샴푸, 보습 크림,

---

* 차게 얼려 먹는 동그란 초콜릿.

보디 밀크, 스펀지, 화장수가 들어 있다. 나는 동전 두 개를 건
넨 다음, 바구니를 욕실로 가져가서 메모지를(읽지 않고서) 변
기에 넣고 고리를 잡아당긴다. 다시 팁으로 지불한 액수를 적
어 둔다. 그때 다시 초인종이 울린다.

10:32 내가 다시 나간다. 이번에는 배달원이 아니라 건장한
사내다. 빈손이다. 안주인과 이야기를 하고 싶단다. 나는 안주
인은 지금 나올 수 없다고, 그래도 만나고 싶거든 다시 오거나
메시지를 남기라고 얘기한다. 건장한 사내가 나한테 혹시 바
깥양반이냐고 묻는다. 아닙니다. 말도 안 되는 소립니다. 그렇
다면 혹시 애인? 아닙니다. 남자친구? 아닙니다. 그렇다면 누
구요? 누군데 여기 있는 거요? 난 집사요. 나는 가라테 고수이
니 쓸데없는 짓은 안 하는 게 좋을 거요. 무슨 말인지 알아듣
겠소?

10:34 건장한 사내가 홀연히 돌아선다. 그러나 내 얼굴을
흉측하게 만들어 버린 뒤다. 덕분에 나는 동전 두 개를 번 셈
이다.

10:36 나는 손으로 사방을 더듬으며 주방으로 가다가 구르
브와 마주친다. 실컷 얻어터진 충격으로 인해서 내 머리가 벽
에 걸린 양탄자와 문에 부딪치며 나는 소리에 잠이 깬 모양이
다. 내가 자초지종을 설명하자, 구르브가 위로는 고사하고 웃
음을 터트린다. 이맛살을 찌푸리며 나를 쳐다보고 숨이 넘어갈

듯 킥킥거리더니, 그 사내가 며칠 전부터 자기 집을 찾아오는 구애자란다. 어제는 그 사내의 무자비한 주먹질에 집사의 이가 두 개나 나갔단다. 아주 거칠고 열정적인 사내야. 그 점이 몹시 마음에 들어.

10:40 나는 무참하게 얻어터진 얼굴의 상처를 과산화수소로 소독한다. 얼굴이 온통 피멍이다. 하는 수 없이 투트모세 2세*로 변신한다. 덕분에 반창고 붙이는 수고는 던 셈이다.

11:00 욕실을 나서는데 테라스에서 구르브가 나를 부른다. 나는 파라솔과 대리석 테이블에 차려진 아침을 (흡족하게)바라보다가 이내 실망한다. 자몽 반 조각, 레몬차, 버터를 바른 토스트, 오렌지 잼이 전부다. 메르세데스 부인과 호아킨 씨의 바르에서 즐겨 먹던 토르티야 데 베렌헤나스가 없어 못내 서운하지만 군말 없이 식사를 한다. 식사 도중에 이웃들이 발코니와 창문 사이로 쌍안경과 망원경, 포대경으로 우리를 훔쳐보는데, 렌즈 초점이 죄다 구르브의 연어색 실크 가운에 맞춰져 있다. 나는 그들의 호기심에 찬물을 끼얹는 눈길로 쏘아보려다가 모른 척한다.

11:10 눈 깜박할 사이에 식사를 마친 구르브가 담배에 불을 붙인다. 나는 담배 연기가 자신의 건강은 물론이고 남한테

---

* 이집트 제18왕조의 네 번째 파라오.

피해를 준다는 것을 일러 주려고 억지 기침을 해 댄다. 담배를 태우지 않는 타인까지 오염된 공기를 들이마실 의무는 없다. 그러나 내 억지 연기는 실패다. 구르브가 뿜어 대는 담배 연기에 목이 따끔거린다.

11:15 내가 지난밤 이야기가 진지한 것이냐고 묻자, 구르브가 짐짓 딴청을 피운다. 어쩔 셈이지? 현대식 바르 말이야. 난 진지하게 말하고 있어. 미스 비키니 대회도? 그거 역시 진지하게 생각한다는 거야? 물론이지. 내가 진행자가 될 수 있을까? 그야 당연하지. 우승자한테 어깨띠도 둘러 줄 거야? 난 내가 하고 싶은 대로 할 거야. 사장이니까.

11:20 내가 식탁을 치우는 동안, 구르브는 테라스에서 《라반과르디아》*를 읽고 있다. 나는 먼저 접시와 찻잔이며 식기를 개수대에 담근다.

11:30 나는 씻은 식기를 마른행주로 반짝반짝하게 닦는다.

12:30 나는 진공청소기로 바닥을 청소하고, 먼지 봉지를 교환한다.

13:00 나는 유리창을 닦으면서 제발 비가 내리지 않게 해

---

* 바르셀로나에서 발행되는 주요 일간지.

달라고 하느님에게 부탁한다.

13:30 나는 세탁기를 돌리고, 모포를 다린다. 낡고 헤진 커튼으로 걸레도 만든다.

14:00 내가 점심은 몇 시에 먹느냐고 묻자, 구르브가 점심은 집에서 먹지 않는단다. 자기를 생각하는(이해하는) 장소가 집에서 삼십 이내의 거리에 있는 카페 데 콜롬비아, 바케리아, (바르셀로나와 산트 펠리우에 있는)도라도 페티트인데,* 그중에서 하나를 마지막 순간에 결정한다면서, 나보고는 냉장고를 뒤져 대충 알아서 해결하란다.

14:30 구르브가 샤워를 하고, 향수를 뿌리고, 머리를 빗고, 옷을 입고, 화장을 한다. 택시를 호출해 달란다. 어휴, 이렇게 서둘러도 날마다 늦는단 말이야. 호들갑을 떤다. 이건 사는 게 아냐. 내가 아침 일찍 일어나라고, 주책만 덜 부려도 이렇게 숨 막히는 생활에서 벗어날 수 있다고 얘기하려는데 구르브는 이미 나가고 없다.

14:50 냉장고에 카바 반병과 봉오리가 시든 난초 꽃 한 송이, 어쩐지 분석하고 싶지 않은 시험관이 몇 개 들어 있다.

---

* 모두 현대식 레스토랑이라는 공통점이 있다.

15:00 나는 카사 비센테*에서 혼자 점심을 먹는다. 엔살라다 델 티엠포** 혹은 가스파초에다 마카로니와 닭고기를 합쳐 650페세타이고, 빵과 후식과 커피는 별도다. 나는 세금과 팁을 포함해서 900페세타를 지불한다.

16:00 나는 구르브의 집으로 돌아온다. 자동 응답기에 메시지가 녹음되어 있다. 무려 서른 개가 넘는다. 그중에서 순서대로 네 개를 들어 보니 하나같이 쇼핑 물품 송장(送狀)에 대한 내용이다. 더 들을 것도 없다.

16:40 앨범이 눈에 띈다. 두 권이다. 언론에 노출된 구르브의 모습들이 담겨 있다. 사 투나***에서, 사르수엘라 궁전****에서, 산페르민 축제*****에서 찍은 사진들이다. 초점이 흔들려 배경이 흐릿한 폴라로이드 사진에도 파리의 거리에서 어떤 사내와 함께 있는 모습이 찍혀 있다. 다니엘리******로 들어가는 장면, 해리스 바*******에서 나오는 장면이 담긴 사진도 있다. 어떤 광산 프로모션에도 참가한 모양인데, 행진이 끝난 뒤에

---

* 바르셀로나 외곽 도시인 그라노예르스에 있는 레스토랑.
** 제철 과일이나 채소로 만든 샐러드.
*** 에스파냐의 코스타브라바에 위치한 해양 휴양지.
**** 마드리드에 있는 에스파냐 국왕의 거처.
***** 에스파냐의 팜플로나에서 해마다 열리는 투우 축제.
****** 베네치아에 있는 최고급 호텔.
******* 베네치아에 있는 고급 사교 레스토랑.

이브 생로랑을 껴안고 있다. 카스테야나 대로*의 어떤 테라스에서 마리오 콘데**와 함께 있는 모습, 이오 밍 페이***와 함께 춤을 추는 모습을 담은 사진도 있다. 호세 마리아 페만****의 대모로 나오는 사진과 역시 카스테야나 대로의 테라스에서 알베르토 사촌들*****과 함께 찍은 사진, 소더비 경매장으로 들어서는 모습이 찍힌 사진도 있다. 삭스 피프스 애비뉴 매장에서 라이사******와 함께 쇼핑하는 장면을 포착한 사진도 있다.(자세히 보니, 미스터 삭스와 미스터 피프스는 한창 고객들을 응대하는 중이다. 디어 레이디스, 디어 레이디스……!) 그것들만이 아니다. 마드리드 동물원에서 처음(이자 마지막으로) 태어난 코뿔소의 대모 자격으로 찍은 사진, 역시 카스테야나 대로의 테라스에서 마르셀리노 사촌들*******과 함께 찍은 사진, 라프산자니********와 함께 춤추는 사진도 있다.

17:08 나는 아파트 모퉁이에 있는 슈퍼마켓에 들른다. 먹을 것과 청소 용품, 와인, 탄산음료, 클리넥스 화장지를 산 뒤에

---

* 마드리드 시가를 관통하는 대로.
** 에스파냐의 유명한 금융인이자 변호사.
*** 중국계 미국 건축가.
**** 에스파냐 정치가이자, 시인이며 언론인.
***** 각각 결혼과 파산 스캔들로 유명세를 치른 사촌 형제 변호사 알베르토 코르티나와 알베르토 알코세르.
****** 전 소련 대통령 고르바초프의 부인.
******* '알베르토 사촌들'에 빗댄 가상의 인물들.
******** 전 이란 대통령.

1만 3674페세타를 계산하고 구르브한테 청구할 영수증을 받아 든다. 영수증과 함께 건네받은 혼다 시빅 자동차 경품 추첨 번호는 당연히 따로 챙겨 둔다.

17:30 나는 다시 구르브의 집으로 돌아온다.「유피의 세계」*를 시청한다.

18:00 나는「오후의 동정」을 시청한다.

18:30 나는「마리트라프와 마틴트라푸렌의 모험」**을 시청한다. 이어 선전용 비디오를 본다.

20:00 나는 조그만 냄비에 물을 끓인다. 냄비 속에 소금과 당근, 감자, 배추, 셀러리, 닭 날개 한 조각, 암소 뼈를 집어넣은 다음, 요리 시간을 확인한다.

21:30 나는 가스레인지를 끈다. 식탁을 차리고, 테라스에 있는 화분에 물을 준다.

22:30 나는 혼자 저녁을 먹는다.

---

* 에스파냐에서 방영되던 아동용 텔레비전 프로그램 시리즈.
** 바스코 지방 방송 프로그램.

23:00 「심야 극장」 시간이다. 이른바 '부전자전' 시리즈다. 오늘은 벤 터핀과 올리비아 드 하빌랜드의 주연의 「벤허의 아들」(1931년)이 방영되고, 다음 주는 호세 사사토르닐이 등장하는 「발라라사의 아들」이고, 그다음 주는……

24:30 나는 이를 닦는다. 기도. 소파에 눕는다. 구르브, 아직 연락 없다.

01:00 나는 눈을 붙이지 못한다.

02:00 나는 눈을 붙이지 못한다.

03:00 나는 눈을 붙이지 못한다.

04:00 나는 누워 있던 소파에서 일어난다. 초조한 마음을 진정시키고자 위층과 아래층을 오르내린다. 가구 배치에 익숙하지 않아 걸음을 내디딜 때마다 여기저기 치이고 부딪친다.

04:20 나는 테이블 앞에 앉아서 종이와 필기구를 펼친다.

사랑하는 구르브,
오랫동안 함께 살아도 서로를 모르는 경우가 있고, 반대로, 오랫동안 함께 살지 않았지만 서로를 잘 아는 경우도 있겠지. 또한 오랫동안 함께 살다 보면, 둘 중 하나가 누군가를 알게 되는 경우도 생기는데, 그 경우에도 우리는 그 둘이 서로를 잘 알게 될 거라고 말할 수 없고, 마찬가지로 그 둘이 서로를 잘 모를 거라고 말할 수도 없겠지. 물론 어떤 경우든 우리 둘과는 상관없는 일이겠지만, 그런데도 내가 굳이 이런 화두를 꺼낸 이유는 우리 둘만의 이야기에 내가 다른 어떤 것을 끼워 넣는 거라고 생각하지 않기를, 그런 생각 자체를 생각하지 않기를 바라기 때문이야. 아냐, 이게 아냐, 구르브, 편지를 다시 써야 겠어. 그러니까 이제 막 내가 했던 말을, 아까 놓쳐 버렸던 말을 다시…….

04:35 사랑하는 구르브,
우선 두 가지 개념, 즉 원칙과 계율 사이에 존재하는 차이부터 확실히 해 두고 싶은데…….

04:50 사랑하는 구르브
여름이 가까워지는 지금, 나는 우리가 여기를 떠나야 할 때라고 생각해.

04:51 편지에 풀을 발라 내실에 있는 거울에 갖다 붙인다. 나는 편지를 다시 읽고, 이브 몽탕으로 변신한 뒤에 감정을 살려 노래를 부른다.

사랑의 상처가
두렵거든,

아름다운 여인들을 피하고……*

아무리 감정을 살려도 제맛이 안 난다. 아차, 그러고 보니 내가 이브 몽탕이 아니라 심해용 잠수복을 착용한 자크 이브 쿠스토**로 변해 있다. 실수다.

05:05 나는 옷장에 있는 옷들을 전부 꺼낸 다음, 손톱 가위로 옷 조각이 눈에 보이지 않을 때까지 자르고 또 자른다.

05:12 나는 향수병을 개수대에 버리고, 대신 빈 병에 황화수소를 붓는다. 그림과 사진에 등장하는 인물들의 얼굴에 수염을 그려 넣는다. 냉장고를 온갖 벌레로 채운다. 커튼에 콧물을 잔뜩 바른다. 자동 응답기에 방귀 소리를 녹음한다. 욕조에 돼지를 한 마리 들여놓는다. 나는 마지막으로 문을 박차면서 구르브의 집을 나선다.

05:35 나는 아직까지 영업 중인 동네 바르로 들어선다. 손님이 꽤 많지만, 대부분이 바닥에 퍼질러진 채 자고 있다. 나는 스탠드에 앉아 위스키를 더블로 주문하고, 그 자리에서 여섯 잔을 거푸 털어 넣는다.

---

* 1866년에 발표된 샹송 「체리가 익어갈 무렵」의 일부.
** 프랑스의 해양 탐험가이자 영화감독.

06:35 나는 집으로 돌아온다. 나의 집으로. 나는 나의 침대에 눕는다. 나는 눈이 감기기도 전에 깊은 잠에 빠진다.

24일

09:12 눈을 뜬다. 숙취가 남아 있다. 어젯밤에 내린 결정에 대해 후회는 없다. 나는 추로에 위스키를 곁들여 아침을 먹는다. 섭씨 22도. 상대습도 68퍼센트. 해변에는 시야를 가리는 짙은 해무가 끼어 있고, 파도가 사나운 해상의 파고가 1미터 내외다. 계획을 실행에 옮기는 데 더없이 적합한 날씨다.

09:30 나는 집을 나선다. 확고한 걸음을 내디디면서 계단을 내려간다. 그 충격에 계단이 무너져도 내 책임은 아니다. 나는 현관에서 엘리베이터 케이블을 잡아당기고 있는 여자 수위와 마주친다. 이봐요, 잠시 얘기 좀 할 수 있겠습니까?

09:31 여자 수위가 건물 지하에 있는 자신의 거처로 나를 안내한다. 방을 보여 주면서 여름에는 오븐에서, 겨울에는 냉

장고에서 사는 꼴이란다. 주방이 없어서 부탄용 레인지를 사용하는데, 청어를 튀기는 날에는 연기 때문에 TV도 못 볼 지경이고, 욕실이 없지만 다행히도 보일러 배관이 침실을 지나는 덕분에 샤워는 할 수 있단다. 이런 이야기를 해 봤자 푸념밖에 더 되겠어요?

09:47 나는 도시를 떠나기로 결정했다고, 그녀에게(여자 수위에게) 내 아파트를 선물하겠다고 말하고, 아파트 공증 문서와 열쇠를 건넨다. 여자 수위가, 내가 진짜 사나이라면서, 속이 빤히 들여다보이는, 그러나 결정적인 순간에는 아무것도 안 보이는 다른 남자들과는 전혀 다르다면서 자신의 속내를 털어놓는다. 우리는 내가 준비한 위스키를 한 잔씩 나누어 마시며 서로의 우정을 확인한다.

10:00 나는 아파트 입주자 대표를 찾아간다. 그는 명색이 대표라는 직책에도 파자마 차림으로 나를 맞이한다. 나는 공동 적립금을 만드는 일이 에스컬레이터를 교체하고, 계단을 도색하고, 건물 정면을 복원하고, 낡은 배관을 교체하고, 인터폰을 수리하고, 균열이 생긴 곳을 때우고, 위성안테나를 설치하고, 입구에 카펫을 깔기 위해 없어서는 안 될 필수적인 일이라고 제안한다. 그리고 내 제안이 받아들여지거든, 그때라도 면 여행을 떠난 나를 기억해 달라고 당부한다. 입주자 대표는 모든 입주자들이 나 같은 생각을 가져 주면, 사회주의가 어쩌니, 민주주의가 어쩌니 하는 일은 없을 거라고 맞장구친다. 우

리는 헤어지기 전에 내가 가져온 위스키를 한 잔씩 마신다.

10:20 나는 이웃집 여자를 찾아간다. 그녀가 문을 열어 준다. 지금은 외출을 해야 하니 나중에 다시 오면 안 되겠느냐고 양해를 구한다. 나는 오래 걸리지 않을 거라고, 나 역시 멀리 떠나기 직전이라고 대답한다. 꼭 정해진 시간은 아니지만 말이다. 잠시만 들어가도 되겠습니까? 딱 일 분이면 됩니다. 그러나 머뭇거리는 눈치다. 나한테서 위스키 냄새가 폴폴 풍기는 까닭이다.

10:30 나는 이웃집 여자한테 최대한 신중하게 그녀의 처지에 대해, 다시 말해 애정적 측면과 경제적 측면에 대해 감히 할 얘기가 있다고 말한다. 이어 그녀의 현재 상황이 재앙 상태나 다름없다고 전제한 다음, 애정적 측면에서는 아무것도 줄게 없지만, 아니, 그럴 만한 시간조차 없지만, 반면에 경제적으로는…….

10:35 나는 자꾸 잠겨 드는 목청을 애써 가다듬는다. 위스키 몇 모금에 다시 힘을 얻는다.

10:36 그러니까…… 경제적 측면으로는 가능하다고, 다시 말해 나는 독신이고, 가진 건 돈밖에 없는 데다 선천적으로 남한테 베풀기를 좋아해서, 실례가 되지 않는다면, 그녀의 아들이 이곳에서 공부하고, 때가 되면 하버드 대학 경영학 석사 학

위 과정을 밟는 데 필요한 충분한 돈을 은행(스위스 은행)에 예치하기로 마음먹었다고 말한다. 이어 자꾸만 기어들어 가는 목소리로 내 선의를 받아들여 달라고, 짧은 며칠 동안이나마 우리가 좋은 이웃이었다는 것을 기념하는 뜻에서 내가 준비한 에메랄드 목걸이를 받아 달라고 간청한다.

10:39 나는 이웃집 여자한테 에메랄드 목걸이를 건넨 다음, 위스키를 목구멍에 몽땅 털어 넣고 밖으로 뛰쳐나오다가 계단에서 뒹군다.

12:00 지하철역에서 걸어온 나는 우주 비행선을 보자마자 깜짝 놀란다. 맥이 탁 풀린다. 비행체가 엉망이다. 덩굴이 해치를 휘감았고, 동체 표면이 여기저기 긁혀 있다. 문에 달려 있던 사그라도 코라손*의 형상까지 사라지고 없다. 아, 이런 꼴로 어찌 돌아간다는 말인가.

12:02 나는 동네로 나갔다가 곧장 돌아온다. 그리고 동네에서 구입한 수세미와 가정용 세제 빔과 고무장갑으로 비행체를 청소하기 시작한다.

13:30 나는 비행선 안으로 들어선다. 눅눅한 기운이 남아

---

* 일반적으로 예수 그리스도를 나타내는 비유적인 표현이며, 예수가 자신의 심장을 열어 보이는 모습을 형상화한 성화나 조각품을 통칭하기도 한다.

있지만, 크게 눈에 띄는 변화는 없다. 먼저 나는 압력계와 연료계를 점검한다. 모든 기기가 정상으로 작동하고 있다. 나는 계기판 앞에 앉는다. 시동을 건다. 그릉…… 그릉…… 그릉…….

13:45 그릉…… 그릉…… 그릉…….

14:00 그릉…… 그릉…… 그릉…….

14:20 <u>그르르르르르</u>…… 릉!

14:21 오스티*, 깜짝 놀랐잖아!

14:22 시동을 끈다. 나는 여행에 필요한 물품을 준비하러 다시 동네로 나간다.

15:00 치약, 신간 도서, 자전거, 몬주익 지하철의 역사를 정리한 요약본……. 나는 그 외에도 몇 가지 필요한 물건을 구입해서 비행선으로 돌아온다.

16:00 물건으로 가득 채워진 물품 저장소에 바퀴벌레가 득

---

* hosti. 예기치 못한 상황에 사용하는 카탈루냐어 감탄사이자, 관용적인 표현.

실거리고 있다. 어떻게 할 것인가? 쿠칼을 뿌리면 단방에 해결되겠지만, 나로서는 달리 방도가 없다. 이미 우리의 모습을 되찾은 터라 살충제 꼭지를 누를 수 없으니 말이다.

16:20 나는 여러 차례 시도 끝에 안타레스 성좌의 AF 통신국과 교신에 들어간다. 나는 지구에서의 임무를 마치고, 날씨가 안 좋은 상황(반대로 우주여행에는 최적의 기후 상태)을 이용해서 다음 행선지로 떠날 만반의 준비가 끝났다고 보고한다. 파견대 동료인 구르브가 미션 수행 중에 사라졌기 때문에 혼자 돌아갈 수밖에 없다는 사항도 덧붙인다. 물론 나이 많은 구르브의 부모들 처지를 감안해서 구체적인 이야기는 피한다.

16:30 안타레스 성좌의 AF 통신국이 메시지 재전송을 요구한다. 수신 감도가 안 좋았던 모양이다.

16:40 나는 메시지를 재전송한다. 금방 답신이 온다. 안타레스 성좌의 AF 통신국은 첫 메시지 수신이 완벽했지만, 카탈루냐 지방의 억양이 섞인 내 목소리를 다시 듣고 싶어서 재전송을 요구했단다.

17:00 나는 메르세데스 부인과 호아킨 씨의 바르로 들어선다. 항상 그랬듯이 메르세데스 부인은 스탠드 뒤에 있고, 호아킨 씨는 자기와 동년배인 손님 세 명과 도미노 게임에 빠져 있다. 열정. 토르티야 데 베렌헤나스. 맥주. 나는 그들에게 작별

인사를 하러 왔다고 말한다. 나는 우리 고향으로 돌아갑니다. 호아킨, 보고 있어요? 내가 그랬잖아요! 여기 사람이 아니라고. 나는 미리 장만한 선물을 전한다. 그들 부부가 아무 때나 쉴 수 있도록 플로리다에 마련한 11에이커의 대지와 아담한 집 한 채다. 이봐요, 이런 건 귀찮기만 하지 필요하지 않아요. 돈이 엄청 들었을 텐데……. 아닙니다, 메르세데스 부인, 아무 말씀 마십시오. 당신은 충분히 그런 행복을 누릴 권리가 있습니다. 아니, 그 이상입니다. 그럼, 잘 계십시오. 잘 가요. 가거든 꼭 엽서를 부치세요.

19:00 출발 준비 완료. 카운트다운. 100, 99, 98, 97…….

19:01 등 뒤에서 어떤 소리가 난다. 젠장, 바퀴벌레가 또……?

19:02 오, 아니다. 바퀴벌레가 아니라 구르브다. 구르브! 젠장, 여기서 뭘 하고 있는 거야? 그건 또 뭐지? 하이힐이라니, 굽 높이만 한 뼘이 넘는 신발을 신고서 뭘 어쩌자는 거야? 설마 이런 옷차림으로 공간(혹은 시간) 여행을 한다는 건 아니겠지? 그러나 구르브가 대답 대신 통신실 모니터에 떠 있는 암호 메시지를 가리킨다.

19:05 나는 암호로 작성된 메시지를 해독한다. 상부에서 보낸 메시지다. 지구에서의 미션을 성공적으로 수행했다고(그래서 축하한다고), 그러나 보다 다양한 행보를 원한다면서 지구

에 파견되었던 것과 동일한 목적하에 알파 센타우리* 주위를 (아무것도 모르는 바보처럼) 돌고 있는 'BWR 143' 행성으로 향하란다. 이어 주의 사항으로, 일단 그 별에 도착하면 지구에서 그랬던 것처럼 현지 주민의 형태를 갖추어야 한다면서 'BWR 143' 행성인들에 대한 기본적인 정보도 알려 준다. 그들은 다리가 마흔아홉 개지만, 그중에 땅을 딛는 것은 두 개고, 눈은 하나, 귀는 여섯 개, 코는 여덟 개, 이가 열한 개고, 그들의 주식은 모충과 진흙으로, 그들은 그것들을 머리 앞뒤에 달린 촉수로 땅을 파헤쳐 포획하고…….

19:07 구르브가 시큰둥한 눈치다. 우리한테 주어진 새로운 임무 앞에서 별반 긍지를 느끼지 않는 모양이다. 내가 볼 때, 구르브는 규율에 의해(동시에 나에 의해) 주어지는 새로운 임무에 열의가 없는 것 같다. 그래서 나는 우리가 그 임무를 받아들여야 하는 이유를 세 가지 범주(혹은 그보다 작은 범주)로 나누어 합리화한다. 하나, 상부는 우리한테 어울리는 것을 항상 우리 자신보다 더 잘 안다. 둘, 우리한테 환경이 자주 바뀌는 것과 다른 문화들을 알게 되는 것은 항상 교육적인 차원이다. 셋, 지불하는 쪽이 항상 지시를 내린다. 개인적인 차원에서 볼 때, 무척이나 독특한 경우인데, 요 며칠 동안 웃기지도 않는 짓을 마다하지 않았던 구르브는 젊고, 아름답고, 청순하고, 유유자적하게 변한 새로운 자신을 포기한 채 다시 본래의 자

---

* 켄타우루스자리에서 가장 밝은 별.

신으로 돌아간다는 현실이 끔찍한 모양이다. 물론 이러한 내 견해는, 대체 무엇을 존중할지 모르겠다고 대답하는 구르브의 속마음을 헤아려 볼 때 그렇다는 것이다.

19:50 나는 예정 시각(우주용 천체 측정기로 환산하면 9836억 7485만 6739시)에 별 어려움 없이 우주 비행선을 발진시킨다.

발진 속도(억제 상태): 상용 추진력 지수 0.12

근일점과의 투사각: 54도

예정 운항 시간: 784년

우주 비행 목적지: '알파 센타우리'

19:55 구르브와 나는 우주 비행선이 발진할 때 작동되는 터빈의 충격으로 거무스름하게 변한, 모푸*가 설치한 대형 광고판 뒤쪽에서 걸어 나온다. 우리는 짙은 운무 사이로 사라지는 우주 비행선을 물끄러미 바라보다가 발걸음을 재촉한다. 지하철역에 도착할 때까지 제발 비가 오지 않기를 바라면서.

20:00 구르브가 나한테 바보란다.(아니다. 그건 잘못된 견해다.) 내가 작별 선물에 돈을 다 쓰지 않았으면, 빗속에서 힘들게 걸어가지 않고 택시를 탔을 텐데, 통치마를 질질 끌고 빗길

---

* MOPU. '도시 계획 및 공공사업부(Ministerio de Obras Publicas y Urbanisimo)'의 약자.

을 걷자니 죽을 맛이라면서 앞으로 돈 문제만큼은 자신이 책임진단다. 우리가 우주 비행선(과 우리 별의 법령)에서 이탈해 있지만, 한 번 상관은 영원한 상관임을 내가 상기시키려는데, 이미 지나가던 택시를 손짓으로 불러 세운 구르브가 택시를 향해 뛰어간다. 치렁치렁한 치마를 걷어 올린 채. 구르브를 태운 택시가 저만치 멀어져 간다. 내 눈 앞에서.

02:00 구르브, 연락 없다.

바르셀로나에 바치는 오마주

에두아르도 멘도사는 하비에르 마리아스와 페레스 레베르테 그리고 노벨상 수상 작가 바르가스 요사와 더불어 현대 에스파냐 출판 시장을 주도하는 작가이다. 에스파냐 문학사에서 기념비적인 작품으로 기록되는『사볼타 사건의 진실』(1975)로 데뷔한 이후 현재까지 최고의 작가(최고의 베스트셀러 작가이자 스테디셀러 작가)로 군림하는 그의 문학을 관통하는 코드가 있다면, 바르셀로나와 패러디이다. 그의 작품 대부분은 바르셀로나를 배경으로 바르셀로나를 다루고 있으며, 전통적인 이야기 방식을 조롱하거나 현대 사회의 부조리와 모순을 비판하기 위한 효과적인 메커니즘으로 패러디 기법을 차용한다.

에두아르도 멘도사에게 바르셀로나는 발자크와 졸라의 파리, 디킨스의 런던, 조이스의 더블린, 카프카의 프라하, 더스

패서스의 뉴욕처럼 작가에게 모든 문학적 영감과 자양분을 공급하는 도시이다. 물론 에스파냐에는 —폴커 클로츠의 기준에 따르면* —수도 마드리드와 바르셀로나, 이렇게 두 개의 메트로폴리스(이자 코스모폴리스)가 존재한다. 그러나 두 도시 중에서도 카탈루냐 지방이 갖는 특수한 역사성과 지형적인 위치를 감안하면, 문학적으로 바르셀로나가 그들의 영원한 숙적 마드리드만큼이나, 아니, 마드리드보다 더 복잡하고 더 역동적인 모티브를 제공하는 공간이라고 할 수 있다.**

멘도사와 바르셀로나의 관계는 그의 말에서 엿볼 수 있다. "나는 여기서 태어났고, 오십 년 이상 그 변화를 지켜보고 있다. 도시에서 모두는 익명이 되고, 모든 것은 전혀 비인간적인 방식으로, 그러나 동시에 가장 인간적인 방식으로 기능한다. 바르셀로나와 나, 우리는 무척이나 금실 좋은 부부로 지내 왔고, 무척이나 강하고 튼튼한 자식들을 두고 있다. 하지만 그게 내 의도는 아니었다. 사실 내가 관심을 가졌던 것은 도시에서 일어나는 일인데, 그러다 보니 생식적인 관계가 되어 버렸던 것이다."

---

* 독일의 문학 비평가 폴커 클로츠는 『이야기된 도시(Die erzählte Städte)』를 통해 사회적이고 문화적인 관점에서 도시의 복합성과 내러티브 소설 사이의 친밀성을 다루고 있다. 아쉽게도 마드리드와 바르셀로나는 여기에서 언급되지 않는다.
** 오늘날 독자들은 이해할 것이다. 그들(바르셀로나 시민들이) 왜 '라 리가', 즉 에스파냐 프로 축구 리그에 그토록 열광하는지를, 그들의 팀 바르셀로나 FC가 리그에 우승한 날, 그들이 왜 카탈루냐 기(국기)를 손에 들고 시청 앞 광장으로 몰려가는지를.

대도시 바르셀로나와 작가 에두아르도 멘도사의 첫 만남은 『사볼타 사건의 진실』에서 이루어진다. 1975년 프랑코가 사망하면서 에스파냐 사회는 장기 독재 체제에서 민주 체제로 전환되는 급격한 과도기에 휩싸인다. 바르셀로나도 예외는 아니다. 이러한 과도기에 작가는 『사볼타 사건의 진실』을 내놓는다. 원래 '카탈루냐의 병사들'이라는 제목으로 출간하고자 했던 이 작품의 공간적 배경은 바르셀로나, 시대적 배경은 격동의 시기인 1917~1919년, 소위 '총잡이들의 시대'이다. 이 소설은 기업주와 노동자의 대립, 무정부주의 같은 새로운 사상의 도입과 실험, 음모와 암투가 한 축을, 주요 인물들의 욕망과 사랑과 배신이 다른 한 축을 형성하면서 근대에서 현대로 전이되는 산업화 과정과 그 과정에서 일어난 폭력적인 사회상을 반영한다. 에스파냐 현대 문학사에서 『사볼타 사건의 진실』이 지니는 의미는 각별하다. 이 작품은 문단과 출판계를 들썩이게 만들면서 1970년대의 새로운 산문 문학, 즉 '새로운 에스파냐 소설'을 주도한다. 에스파냐 현대 소설의 패러다임을 바꿔 놓았다는 이 작품의 성공은 작가 자신의 말처럼 시기적으로 적절했던 이유도 없지 않지만, 그것보다는 법정 진술문이나 문서, 사료나 문헌 등을 적절하게 배치한 모자이크 형태의 구성과 당시 바르셀로나의 속성 및 이면을 들춰내기 위한 효과적인 기법, 즉 추리 소설 형식을 패러디한, 당시로서는 혁신적인 기법을 적용한 데 있다. 덕분에 단순히 대중적인 역사소설로 읽힐 이야기가 리얼리티와 긴장감을 유지하면서 소설의 본래 이야기 기능을 회복해, 기존의 실험 소설에 지친 독자들에게 책 읽는 즐거움을 안겨 준다.

　도시와 작가의 만남은 멘도사의 대표작으로 평가받는『경이로운 도시』(1986)로 이어진다. 만국박람회를 개최(1888, 1929)한 바르셀로나를 배경으로 펼쳐지는 이 작품은 입지전적인 인물의 일대기이자, 현대 도시로 탈바꿈하는 바르셀로나 연대기이다. 이 작품 역시 전작처럼 역사를 패러디해 사실과 허구의 경계를 넘나들면서 세계적인 행사를 치르는 에스파냐 바르셀로나의 현실과 이면을 조롱하고, 카탈루냐 사람들의 집단적인 기억을 형상화한다. 언급한 두 작품에서 놓칠 수 없는 것은 등장인물의 성격과 역할이다. 돈과 명예를 구하러 대도시 바르셀로나로 흘러들어 온『사볼타 사건의 진실』의 미란다는『경이로운 도시』의 주인공 오노프레의 전형으로,『사볼타 사건의 진실』에서 경찰의 끄나풀 역할을 맡는, 전통적인 피카레스크 소설(악한 소설)의 불행한 캐릭터 네메시오는 이어지는 멘도사의 삼부작에서 이름 없는 주인공의 전형으로 발전한다.

　대도시 바르셀로나와 작가 에두아르도 멘도사의 만남은 삼부작으로 이어진다. 그러나 언급한 두 작품과 삼부작은 장르부터 확연히 다르다. 앞의 두 작품이 바르셀로나의 오늘을 이야기하기 위해 과거를 반추하는 역사소설 형태를 띤다면, 삼부작은 작가 자신이 직접 보고 들은 오늘의 바르셀로나를 이름 없는 인물을 통해 들춰내는 탐정 소설 형태를 띤다.『납골당의 미스터리』(1979)에 이어『올리브 열매의 미로』(1982),『미용실에서 생긴 일』(2001)까지 세 작품을 삼부작이라고 말한다.* 먼저 『납골당의 미스터리』는, 작가의 말을 빌리면, 첫 소설이 성공한 이후에 한참 공허함을 겪다가 마침 읽고 있던 로스 맥도널드의 하드보일드 소설에 자극을 받고 불과 일주일 만에 써 내려간 작품이다. 이 소설은 한때 사회의 밑바닥을 전전하다가 정신병원에 수용된 사내가 자신을 억지로 사회와 격리시킨 경찰(당국)에 의해 '의도적으로 부여된' 기회를 통해 바르셀로나의 수녀회 학교에서 발생한 여학생 행방불명 사건의 미스터리를 풀어낸 뒤 정신병원으로 돌아간다는 우울한 이야기를 담고 있다.

『납골당의 미스터리』는 『사볼타 사건의 진실』 못지않은 호평을 이끌어내며 독자들의 이목을 집중시켰다. 비평가들은 이 작품이 고야의 그림처럼 기괴하고 으스스한 분위기를 풍기는 고딕소설 양식과 에스파냐의 전통적인 소설 양식 및 언어를 계승했다는 점에 주목한다. 일반적인 탐정소설에서 인물과 형식만을, 다시 말해 사건이 있고, 탐정이 있고, 사건을 해결하는 기존의 공식만을 취한 삼부작에서 좌충우돌하는 주인공은 대표적인 피카레스크 소설 『라시리요 데 토르메스의 생애』에 등장하는 악동 라사리요를 패러디한 인물이고, 주인공의 입담은 에스파냐 황금세기의 풍자 문학가 케베도의 신랄한 언어를 패러디한 것이다.

이어지는 두 작품도 마찬가지다. 배경은 바르셀로나이며

---

*『예수를 부탁해요, 폼포니오』(2008)도 주인공과 시공간적 배경만 다를 뿐 동일 계열의 작품으로 볼 수 있다.

이야기 역시 같은 방식으로 다루어지는데, 전편과는 줄거리와 해프닝이 다르다. 『올리브 열매의 미로』에서는 동일한 주인공이 이번에도 '의도적으로 부여된' 기회를 통해 정신병원을 나와 의뢰받은 사건을 처리하고 정신병원으로 돌아가는데, 주인공이 정신착란 상태에서 벌이는 소동은 소설의 흥미를 배가시킨다. 또한 『미용실에서 생긴 일』에서는 정신병원에서 쫓겨나 미용실에서 어설픈 미용사로 일하던 동일한 주인공 역시 '자신의 의지와는 관계없이' 사건에 휘말리는데, 특히 연극의 한 장면을 패러디한 부분은 이 소설의 백미라고 할 수 있다.

에두아르도 멘도사는 에스파냐에서, 특히 카탈루냐에서 가장 많이 읽히는 작가이며, 이 책 『구르브, 연락 없다』는 작가자신의 예상과는 달리 현재까지 가장 많이 팔린 작품이다.* 이 책은 신문 연재소설로 지면에 발표되면서 독자들과 비평가들의 이목을 집중시키고 책으로 묶이자마자 베스트셀러에 오른다. 작가의 또 다른 산문 미학, 즉 기발한 착상과 독창적인 형태에 사람들이 매료된 것이다. 물론 이 책 역시 바르셀로나가 주요 무대이며, 그 어느 책보다 자신의 고향(조국) 바르셀로나를 향한 애증이 깃들어 있다.

작가는 말한다. "이 책은 『납골당의 미스터리』와 『올리브

* 그야말로 폭발적인 판매 부수를 기록하는데, 7쇄까지 50만 부 이상이 팔렸다. 번역한 원전은 2판 33쇄이다.

열매의 미로』와 [그리고『미용실에서 생긴 일』과] 공통적인 요소들이 적지 않지만, 그것들 중에는 가장 유별난 책이라고 할 수 있다. 이는 책으로서의 딱딱함이 배제된, 애초부터 종이책이라는 의지로 태어나지 않은 책이기 때문이다." 이 책은 1990년 여름에《엘 파이스》지에 실렸다가 이듬해 약간의 손질을 거쳐 책으로 출간된 소품 같은 소설로, 전체적으로 가볍다. 가벼울 수밖에 없다. 신문 지면과 저널리즘이 지니는 한계성 탓이다. 줄거리도 간단하다.

20세기의 거대 도시 바르셀로나에 외계인 두 명이 도착한다. 현지 조사를 위해 지구인으로 변한 외계인 구르브가 밖으로 나간 뒤에 연락이 끊기자, 사실상의 주인공인 이름 없는 외계인이 동료 구르브를 찾아 나선다. 그때부터 이야기는 올림픽 준비로 들뜬 도시를 돌아다니는 이름 없는 외계인의 동선을 따라 진행된다. 필요에 따라 변신할 수 있는 그는 곤혹스러운 일을 당하기도 하지만, 지구인들과 우정을 나누고 사랑을 느끼고, 술과 음식에 빠져들고, 갈등을 겪으면서 차츰 도시에 익숙해진다. 순진한 이방인의 눈에 비치는 도시는 어지럽다. 도시인의 일상은 늘 바쁘고 늘 소비 향락적이고 늘 경쟁적이다. 그러나 나중에 두 외계인은 다시 만난다. 그들은 이미 변해 있다. 그들은 결국 그들의 별로 돌아가는 것을 포기하고 지구에 남는다.

이 책『구르브, 연락 없다』의 배경은 바르셀로나에서 1992년 하계 올림픽 준비에 한창 열을 올리던 때로, 그 시기가 공교롭게도『경이로운 도시』의 배경인 만국박람회를 떠올리게 만들면서 작가와 바르셀로나의 관계가 꼭 우연만은 아니라는 것을 새삼 확인시켜 준다. 이 책은 전작들과는 또 다른, 외계인이 등장하는 일종의 공상 과학 소설이다. 주인공인 외계인은 상황에 따라 카멜레온처럼 변신할 수 있고, 마음만 먹으면 공중을 날 수도 있다. 그러나 공상 과학 소설 장르의 특성은 여기까지다. 또한 이 책의 주인공 이름 없는 외계인은 에스파냐 문학에서 전통적으로 계승된, 작가의 삼부작에 등장하는 이름 없는 탐정을 패러디한 인물로 볼 수 있다. 차이가 있다면, 이름 없는 탐정이 현대 사회의 어두운 이면을 들춰내기 위해 창조된 인물인 데 반해, 외계인은 올림픽을 앞둔 바르셀로나를 소개하기 위해 작가가 만들어 낸 길잡이 같은 인물이라는 점이다.*

이러한 이유로 공상 과학 소설 혹은 유머 소설로 불리는 이 책에는 작가의 말대로 "우울한 그림자가 없다. 관점도 예외적이고, (외계인의) 경이로운 세상에 대한 시각이다 보니, 비극도 없고, 비판도 없다." 여기서 '비판도 없다.'라는 것은 전작들에 비해 상대적으로 밝다는 뜻이다. 유머를 바탕으로 하되 폭력과 기괴함과 음산함이 풍기는 전작들과 달리 전체적으로 유쾌하고 코믹하다는 것이다. 그렇다고 이 책에 드라마가 없다는 것은 아니다. 애틋한 사랑도 있고, 지구인과 외계인의 만남이라는 감동의 휴머니즘도 있다. 미아스마를 제거하겠다면

---

* 이 외계인이 찾고 있는 연락 끊긴 외계인 '구르브'는 작가가 어떤 역사책에서 우연히 발견한 지명에서 따온 것으로, 그 이름이 음성학적으로 입에 딱 달라붙었다고 한다.

서 어처구니없는 소동을 벌이는 해프닝도 있다. 또한 일기 혹은 보고서 형식을 띠고 있는 이 책에는 문학적 기교와 수사, 카탈루냐 지방 특유의 방언과 관용적 표현, 조롱과 풍자, 유머와 아이러니와 역설, 아포리즘, 언어와 언어의 패러디까지 온통 언어의 향연이 펼쳐지고 있다. 바로 이러한 특성들이야말로 이 작품이 에스파냐 교과서에 수록되고, 15세 이상 권장 도서로 선정되고, 나아가 현대 고전으로 불리는 결정적인 계기가 된다. 전통을 계승하며, 동시에 기발한 독창성을 높이 평가하고 장려하는 나라답게 말이다. 한편 이 책에서 놓칠 수 없는 것은 현대화 과정에서 긍정적이든 부정적이든 이미 '경이로운 도시'로 바뀐 바르셀로나를 구석구석 보여 주려는, 그리하여 그들의 자랑스러운 인문과 문화유산을 소개하려는 작가의 의도이다. 그의 의도는 본문에서도 비유적으로 드러난다.

설사 안 들린다고 해도 그들의 대화 내용을 추정하는 것은 일도 아니다. 카탈루냐 사람들은 항상 똑같은 이야기, 즉 일에 대한 이야기만 늘어놓기 때문이다. 그들은 둘 이상만 모이면 일에 대한 이야기를 떠들어 대느라 정신이 없을 정도다. 몇 마디 단어(독점 판매, 중개료, 청구서 등등)만으로도 얼마든지 활발한 격론이 벌어지며, 그들의 대화는 얼마든지 무한정으로 이어질 수 있다. 지구상에서 카탈루냐 사람들보다 더 일을 좋아하는 사람은 없다. 그런 그들이 무엇인가를 만들어 낼 줄만 알면, 모르긴 몰라도 지구의 주역이 될 것이다.

작가는 이 책에서 외계인의 눈을 빌려 애증 어린 시선으로 바르셀로나를 지켜보고 있다. 주인공인 외계인을 따라가다 보면, 독자는 바르셀로나를 속속들이 들여다보는 듯한 착각에 빠지게 된다. 외계인의 눈에는 더없이 복잡하고, 더없이 추악하고, 더없이 모순된 곳이지만, 그러기에 그들이 살 만한 공간이 못 되지만, 그러나 그들은 아이러니하게도 지구에 남는다. 아니, 바르셀로나에 남는다. 애증은 상대적이고 반어적이다. 미움의 이면에는 그만큼 아끼는 마음이 함축되어 있다. 이러한 의미에서 이 책『구르브, 연락 없다』는 작가 에두아르도 멘도사가 자신의 고향(조국) 카탈루냐에, 자신의 도시 바르셀로나에, 나아가 1992년 바르셀로나 올림픽에 바치는 오마주인 셈이다.

본 번역서는 원전에 엿보이는 작가의 의도를 감안하여 에스파냐의 인명과 지명, 특히 카탈루냐 지방과 바르셀로나와 연관된 지역이나 명소 혹은 건축물 등에 대해 간략한 역주 형태의 설명을 첨언했다. 또한 인명과 지명은 특별한 경우를 제외하고 에스파냐어(카스티야어)로 통일했다.

우리말 번역을 위해 사용한 원전은 *Sin noticias de Gurb*(Seix Barral판, 33쇄)이다.

2012년 6월

정창

작가 연보

1943년   1월 11일 에스파냐 바르셀로나에서 출생. 아버지
          는 검사, 어머니는 가정주부. 어린 시절 투우사, 탐
          험가, 선장을 꿈꾸지만 아버지의 영향으로 문학에
          관심을 보임.

1950년   1960년까지 마리스타 수사회 등 종교 재단에서
          운영하는 학교에서 공부.

1960년   1965년까지 바르셀로나 대학교에서 법학 전공.

1965년   유럽 각국을 여행. 1966년부터 1967년까지 장학
          금을 받고 영국에서 유학. 사회학을 공부했으나
          읽고 쓰고 산책하는 데 대부분의 시간을 보냄. 귀
          국 후 변호사로 활동.

1973년   우울하고 혼란한 에스파냐의 시대 상황에 염증을
          느끼고 미국 뉴욕으로 이주. 1982년까지 유엔 본

부에서 통역사로 근무. 그때의 경험으로 나중에 펠리페 곤살레스 총리와 레이건 대통령 회담에서 통역을 맡았고, 토머스 모어를 비롯한 여러 작가의 작품을 번역함.

1975년 첫 번째 소설 『사볼타 사건의 진실(La verdad sobre el caso Savolta)』 발표. 원제는 '카탈루냐의 병사들'이었으나 프랑코 시대의 검열로 제목이 바뀜.

1976년 『사볼타 사건의 진실』로 '비평 상' 수상.

1979년 이른바 '삼부작 시리즈'의 첫 번째 소설인 『납골당의 미스터리(El misterio de la cripta embrujada)』 발표. 『사볼타 사건의 진실』 영화화.

1981년 『납골당의 미스터리』 영화화.

1982년 삼부작의 두 번째 소설 『올리브 열매의 미로(El laberinto de las aceitunas)』 발표.

1986년 대표작 『경이로운 도시(La ciudad de los prodigios)』 발표. 이 작품으로 세계적인 소설가 반열에 오름. 에세이 『뉴욕(Nueva York)』 발표.

1989년 소설 『전대미문의 섬(La isla inaudita)』 발표. 프랑스 《리르》지가 『경이로운 도시』를 최고의 소설로 선정. 에세이 『바르셀로나 모더니스트(Barcelona modernista)』(여동생 크리스티나와 공저) 발표.

1990년 8월, 《엘 파이스》지에 기발하고 독창적인 소설 「구르브, 연락 없다(Sin noticias de Gurb)」 연재.

1991년 『구르브, 연락 없다』 출간. 작가의 작품 중 최대 판매 기록. 희곡『왕정복고(Restauración)』를 바르셀로나 연극 무대에 올림.

1992년 소설『대홍수가 일어난 해(El año del diluvio)』발표.

1993년 『대홍수가 일어난 해』로 프랑스《엘르》지 '독서 문학 상' 수상.

1995년 바르셀로나 폼페우파브라 대학교 통번역 대학에서 출강 시작.

1996년 소설『가벼운 코미디(Una comedia ligera)』발표.

1998년 『가벼운 코미디』를 비롯한 전작(全作)으로 프랑스 '최고 외국 도서 상' 수상.

1999년 『경이로운 도시』영화화.

2001년 삼부작의 마지막 소설『미용실에서 생긴 일(La aventura del tocador de señoras)』발표. 전작들에 이어 폭발적인 판매 부수 기록. 8월에《엘 파이스》지에 소설「오라시오 도스의 마지막 여행(El último trayecto de Horacio Dos)」연재. 11월에 에스파냐 소설가 피오 바로하를 기리는 전기적 에세이『바로하, 반론(Baroja, la contradicción)』발표.

2002년 『오라시오 도스의 마지막 여행』출간.『미용실에서 생긴 일』로 '올해의 최고 도서 상' 수상.

2003년 『대홍수가 일어난 해』영화화. 시나리오 작업에 참여.

2006년 소설『마우리시오 혹은 예비 경선(Mauricio o las elecciones primarias)』발표. 자신의 작가 세계

를 르포 형태로 다룬 책『멘도사의 세계(Mundo Mendoza)』출간.

2007년   에세이『누가 아르만도 팔라시오 발데스를 기억하는가?(Quién se acuerda de Armando Palacio Valdés?)』발표.

2008년   소설『예수를 부탁해요, 폼포니오(El asombroso viaje de Pomponio Flato)』출간. 희곡『글로리아(Gloria)』를 바르셀로나 연극 무대에 올림.

2009년   단편 형태의 이야기 세 개를 묶은『세 성자들의 삶(Tres vidas de santos)』발표.

2010년   소설『고양이 싸움. 마드리드 1936(Riña de gatos. Madrid 1936)』발표. 에스파냐 내전 직전의 마드리드를 배경으로 벨라스케스의 그림을 둘러싸고 펼쳐지는 일종의 미스터리 첩보 소설. '악테온의 죽음'이라는 제목으로 가명을 써서 출품해 플라네타 상 수상.

2012년   '삼부작의 귀환'으로 불리는『돈 가방과 인생 사이의 분규(El enredo de la bolsa y la vida)』발표. 십일 년 만에 삼부작의 주인공인 '이름 없는 탐정'이 등장해 유럽의 경제 위기를 풍자하는 소설.

세계문학전집 **290**

구르브 연락 없다

1판 1쇄 펴냄 2012년 6월 29일
1판 17쇄 펴냄 2024년 7월 16일

지은이 에두아르도 멘도사
옮긴이 정창
발행인 박근섭, 박상준
펴낸곳 (주)민음사

출판등록 1966. 5. 19. (제 16-490호)
서울특별시 강남구 도산대로1길 62(신사동) 강남출판문화센터 5층 (우편번호 06027)
대표전화 02-515-2000 팩시밀리 02-515-2007
www.minumsa.com

한국어 판 ⓒ (주)민음사, 2012. Printed in Seoul, Korea

ISBN 978-89-374-6290-0 04800
ISBN 978-89-374-6000-5 (세트)

* 잘못 만들어진 책은 구입처에서 교환해 드립니다.

세계문학전집 목록

세계문학전집은 계속 간행됩니다.